アイルランドの言葉と肉

アイルランドの言葉と肉

スターンからベーコンへ

近藤耕人

水声社

目次

凡例

一、原則として、引用文の後の（　）内の英数字は原書の、漢数字は邦訳書のページ数を表す。巻・章を示す場合はそのつど記した。

一、本文中で引用・参照した書籍については、各章末尾の参考文献リストを参照されたい。原則として本文で言及した順に並べた。

一、邦訳書の引用に際しては、必要に応じて筆者（近藤）が可筆した部分がある。

一、原書のイタリック部分には傍点を付し、また大文字で始まる語（句）は〈　〉で括った。

まえがき

イギリス人の両親のもとにダブリンで生まれ育ったフランシス・ベーコンの油彩画で、肉体から肉が食み出て伸びるさまを見て、これはアイルランドだと直感したのが発端でこの本を構想した。アイルランド人に言わせると、アイルランド人は肉体を憎んでいる、肉体を否定している、だからアイルランドからは芸術が生まれないのだ、という見方もあるが、じっさいは、アイルランドの歴史にも神話にも、またアイルランド系の作家の文学にも肉体が溢れている。ただ上から抑えられ、言葉の下で肉体が苦悶している……これがアイルランドの創造性のエネルギーになっているのではないか。その感触からアイルランドの文学や絵画を見つめ、そこに流れるものを手探りしてみたいと思ったのが、この本を始める動機であった。

ジャック・B・イェイツの絵を初めてダブリンのナショナル・ギャラリーで観たときは、原色の絵具を泥のようにこね回したなかから、人物が一人、二人と亡霊のように立ち上がり、顔を近づけて見ると、小さな顔の白い肌に目鼻口、額、頬が細い筆の先で正確に描かれているのに驚かされた。重い絵具の衣服は風になびき、まぎれもなく人間が生きているのがわかった。一瞬の繊細な表情をとらえて、泥のなかにひとつぶの真珠を見つけた閃きだった。競馬場であろうと、リフィ川の競泳の場面であろうと、定められた運命に従って生きる、超然とした顔をしている。農場や街で働く人物のふとした表情というよりも、農場や街の舞台の役者のようである。鉛筆で挿絵を描き、新聞や雑誌の記事の写真から人物模様を切り取り、また劇作家として、現実にモデルを採りながら、舞台の登場人物たちに科白と演技をつけたジャック・B・イェイツが油彩画に到達し、実在の人物の模倣から脱して、画のなかで独立した人間の創造に向かった果てに生まれた油彩の人物像である。

序詩　ベアの皺婆　（作者不詳、近藤耕人訳）

引き潮のお迎えがやってくる！
わしの生はただよう海にただよい下る、
老いにつかまり巻かれていく、
時の潮は引いていく。

「ベアの皺婆！」
女子（おなご）らに弥次（やじ）られからかわれてさ、

いまはこないなぼろまとうてらあ、
昔は女王さま然と刺繍つきだったさ。

あんたら自分ばかり大事にしとる、
ろくでなし！　今じゃ銭（ぜに）ばかりありがたがる、
わしのころはおとこをもとめた、
愛する人をひたすら愛した。

ああ！　駆っていく
たのもし戦車（チャリオット）どもよ原を飛び抜けていく、
わしのため男ら全速で走り、わしは抑えて、
轡（くつわ）と手綱（たづな）使うて。

年寄りがなんじゃ、
黄金飾り豪華な礼服纏（まと）うてや、

じゃがな！　女子(おなご)ら、朝(あした)わしの房(ぼう)を素通りしよる！
わしはこないにむしり取られる。

薫る五月の朝
女子(おなご)らからから笑い声微風(そよかぜ)に乗って、
わしとくりゃおこり老いぼれふるえて、
祈り唱えておるだけさ。

アーメン！　やれ情けなや！
わしは折れ木のごとくここで朽ち果てる、
ドングリどれも日を見てやがて地に落ちる、
時がすべてけりをつけるのや！

王さまらと華やいだもんだ！
ハニー酒と血(ち)色のワインをなみなみ飲んだ、

今じゃチーズの絞り水、なじみの方が楽しいで、
皺婆よりゃ、わしも皺婆じゃが、やつれ縮んで。

上げ潮さあんたの！
わしのは下(しも)に渦巻く引き潮の流れ、
わしの若さ、わしの希望は手からさらわれ、
あんたの上げ潮は陸地へ泡立つの。

体が落ちる
ゆるりますぐあの世の住処へ、
天主の御子の支えが抜け落ちる
わしの旅立ちの時へ！

骨と皮の腕はだけて
マントの垂れの下のぞいて見て、

やつれしなびて、もとはふっくら色白、
王さまらわしの膝枕でお休みのころ。

「ああ、わが父なる神よ」いまは祈るだけ、
たんと祈り上げて、まだたんと残っておら。
天下に着物ひろごれるものなら、
ひとつ残らず唱えてやるけ。

海浪（なみ）は語る、
凍（し）みる大地を横切（よぎ）り、無慈悲に冬忍び寄る、
ムー*の子、フェルモッド王子は来ぬとはいわぬひと、
されど今日は来ぬひと。

---

* ムー（Mugh）とは、アイルランドの戦士と猟人の一団（Fian, フィーン）の一つ。とくにアイルランド神話ではフィン・マクールに従ったグループを指す。本書第五章参照。

しずしずと漕ぐさま、
櫂を浸し、ひと掻きひと掻きゆれる葦の間(ま)、
アルマ*の岸へと急ぐ、亡者の群、
深々(ふかぶか)と眠り流れ。

かろやかに笑いは聞けぬ
炉端(ろばた)ひそやかに、黄昏(たそが)れて、
幽寂の人形(ひとがた)わしの炉に集(つど)うとて、
静粛の手みなの上に下りぬ。

忌みはせぬと
尼の頭巾(ヴェール)わしの顔にかかろうと、
わしの祭礼衣装の彩色豊かさ
なんとも比べるものない美しさ。

わしのマントくたびれ、
色褪め布地ほぐれ薄れ、
ひだに触れるは白髪か、
皮膚に生えるものか？

大海原の安らぎの小島よ、
満ち潮引き海浪（なみ）に向こうて
突き上げ押し進む。わしの墓めがけて
引き潮のあとは海浪（なみ）は来ぬよ。

見当たらぬ
日燦々（さんさん）のなつかし砂浜、

＊ alma. ケルト語では「けっこうな」、イタリア語では「霊魂」、ラテン語 almus は「滋養のある」の意。ダブリンの南西、キルデア州キルデアの北五マイルにあるアレンの丘の古名。フィン・マクールの住居があったという地。

白波の侘し轟（とどろき）とどくいま、
わしの時（しお）ははやもどりはせぬ。

("The Old Woman of Beare, Eleventh century (?)," *The Poem-Book of the Gael, Translation from Irish Gaelic Poetry into English Prose & Verse*, sel. and ed. Eleanor Hull, London: Chatto & Windus, 1913, Elibron Classics Replica Edition, Adamant Media Corporation, 2005, 147-150)

第一章

スターン『トリストラム・シャンディ』の頭

ロレンス・スターン（一七一三―一七六八）は、ヨークシャー出身の父親が英国陸軍の連隊旗手、歩兵少尉で駐屯していた、アイルランドのティパラリー州クロンメルで、アイルランド人の従軍商人の娘と結婚して生まれた。『トリストラム・シャンディ』（一七五九―一七六七）は頭（the mind）の中で考えたこと、感じたことの連綿とした記述である。そのため「意識の流れ」小説の元祖と言われたりする。スターンはこの小説の第二巻で哲学者ロックの『人間悟性論』を引いて、「これは、人間の頭のなかに起こることの記録の書物です」と言っている。そしてこれから書き続けようとする作者自身の頭のことを予め読者に説明するかのように、人間の頭に混乱が生じる三通りの原因について、「第一には、頭そのものが鈍い場合です。第二には頭は鈍くなくても、物象の与える印象が希薄で持続性がない場合。そして第三に、記憶が篩（ふるい）のようで、受け取ったものを持ちつづけることができない場合」（第二巻、第二章。以下、二、二と略記。朱牟田夏雄訳、以下同）と述べている。そして「文章とは、適切にこれをあやつれば（私の文章がその好例と私が思っていることはいうまでもありません）、会話の別名に過ぎません。作法を心得た者が品のある人たちと同席した場合なら、何もかも一人でしゃべろうとする者はないように、――儀礼と教養の正しい限界を理解する作者なら、ひとりで何もかも考えるような差出がましいことは致しません。読者の悟性に呈しうる最も真実な敬意とは、考えるべき問題を仲よく折半して、作者のみならず読者のほうにも、想像を働かす余地を残しておくということなのです」（二、十一）と言っている。

　文章とは会話であるとは至言である。文を書く人は自分の話し言葉から、その口調、癖から逃れることはできない。あらゆる文学の文体はその人の声、その語り口を反映しており、文体の源泉は書き手の性格、話し方、言葉遣いにあると言っていい。その人の話し方を変えることはできないように、その文体もほとんど変えることはできない。もし変えたとしても、それはその人の本当の文体ではなく、作った文体、演技したしゃべりであり、真実の声ではない。

「私のようなタイプの作家には、一つだけ画家と共通する原理があります。――それは、正確に原物を模写したのではあまりパッとした作品はできないという場合に、われわれは害のすくないほうを選ぶということ、そしてその根柢にあるのは、美をそこなうよりは真実をそこなうほうが、まだしも許容できるという考え方です」（二、四）と言うときのスターンの美とはなにかが問題である。なぜなら一見彼の文体は逆のように思えるからである。逸脱饒舌文体にこそ真実はある、と彼は秘かにどころか堂々と信じているようであるからだ。そういう意味では彼がセルバンテスとラブレーを師としているからだ。

　スターンの文章は小説でも物語でもなく、会話と独り語りである。婉曲なエロティシズムはあるものの、それは言葉と衣服によって、また隠喩によっても遠く隠蔽＝掩蔽されているので、身体が露になることはまずないが、彼の「肉」は言葉そのものである。それは彼の頭から、心から流れてくるのだが、目には見えないセンチメント、フィーリングである。

　この「小説」は将来主人公トリストラムになる精子が父親のペニスから母親の膣に射出される寸前から始まるという型破りの時間の逆転で、しかもここ一発というクライマックスの瞬前に、母親の方が「あなた時計をまくのをお忘れになったのじゃなくて？」と大事な腰を折ったので、厳粛たるべき受精の儀式が台なしになって、父親からトリストラムに受け継がれるべき動物精気がバラバラに分散してしまった。そうして迎えるのがトリストラムの母親の難産の一大事業である。母親が男の産科医を嫌っていたので、さしこみがくると、父親は急いで年寄りの助産婦を呼びに下女のスザナーを町へ行かせ、いよいよ陣痛が始まって急遽村の男性産科医スロップを迎えに出すと、下男のオバダイアーの乗った荒馬とスロップが乗った小馬が曲がり角で出会い頭に衝突して、医者はどろんこ道に尻餅をつく。

その間父親の弟のトウビー叔父は、かつてウィリアム王治下で、フランス軍が立てこもるナミュールの堡塁のイギリス・オランダ連合軍による包囲戦を目撃し、イギリス・オランダ軍の砲弾で飛んだ胸壁の石片を鼠蹊部（そけいぶ）に受け、恥骨と、座骨の一部の腸骨を負傷した武勇談を見舞客や兄に尽きることなく繰り返すのだが、これがこの小説の一つの骨格になっている。もう一つの骨格として、母親の難産に際して産科医が新しく考案した鉗子のせいで、新生児トリストラムの鼻骨が致命的にぺしゃんこになってしまう。鼻の形は男の出世を左右するものだから、父親は絶望する。この二つの〝骨折り〟の間に、二人の男の対照的な感性を表わす身体の様態が、画家の筆にも喩えられるスターンの筆致で挟まれる。

母親の陣痛が始まって急を要する事態だというのに、叔父トウビーが例によってナミュールの要塞についての蘊蓄（うんちく）を傾け、「対壕だ、地雷だ、防弾壁だ、逆茂木（さかもぎ）だ、三日月堡だ、半月堡だ」（二、十二）と専門用語を並べるのに、とうとう堪忍袋の緒が切れて、父親がトウビーを怒鳴りつける場面がある。まだ生まれていないトリストラムは父親の性格についてこうコメントする。「父は天性、もっともっと鋭くすばやい感受性の持主で、おまけにいささか癇癪（かんしゃく）持でもありました。といってもそのために他人に激しい敵意などを抱くほどにのぼせあがることは決してありませんでした」（同）。一方叔父トウビーについては、「侮辱されても腹を立てない男でした。〔……〕叔父は勇気のある男でした。〔……〕いざとなっていよいよ勇気が必要という段になれば——私はだれの庇護を求めるよりもこの叔父の庇護を求めるでしょう。さればといって叔父が腹を立てないのは、頭のほうがにぶくて鈍感だったからでもありません。——私の父からのこの侮辱は、ちゃんとだれにも劣らず痛切にこたえていたのです。——ただ叔父は、平和なおだやかな性質でした——そこには不純なまぜものはすこしもなく——叔父の心の中はすべてが一つにとけ合って非常に人のよい性質になっていました。叔父トウビーは蝿に恨みを晴らそうという気持ちさえほとんど持たなかったのです」（同）。これはスターンの『感傷旅行』（一七六八）の主人公ヨーリックと同じである。

——行け——ある日の食事の時、叔父は、食事の間中鼻のまわりをブンブン飛びまわって散散に自分を悩ましたやけに大きな一匹の蠅――いろいろ苦労したあげくにそばを飛び過ぎるところをやっとつかまえたその蠅にむかって言ったものです。――おれはおまえを傷つけはしないぞ、叔父トウビーは椅子から立上がって、蠅を手にして窓のほうに歩みながら言いました――おまえの頭の毛一すじだって傷つけはしないぞ――行け、と窓を上のほうに押しあげて、手を開いてにがしてやりながら――可哀そうな奴だ、さっさと飛んで行くがよい、おれがおまえを傷つける必要がどこにあろう、――この世の中にはおまえとおれを両方とも入れるだけの広さはたしかにあるはずだ。（同）

この時わずか十歳だったトリストラムは身体中がえも言われぬ感動で打ち震えたという。その行動自体が涙もろい年頃の彼の神経にピッタリきたのか、叔父の口調と身のこなしが慈悲の心にかなって彼の胸に響いたのかはわからないという。少年とはいえ、この男同士の心の通じ合いには秘かな官能の震えを思わせるものがあって、セルバンテスやスウィフトにはないものである。それは男気の共鳴ではなく、優しい肉体を女性的な感性が走る。このトウビーはトリストラムのある部分を共有しているであろうし、その癒えない身体の傷は結核だったスターンの繊細な心情をなにがしか反映しているであろう。トリストラム自身はその時叔父トウビーに、

「万物に善意をもって対すべきこと」（同）という、彼の博愛心の半分を教わったという。
難産の末スロップ産科医の考案した鉗子を使用したためにトリストラムの鼻がひしゃげて産まれたときの父親の絶望ぶりは、スターンがしばしば絵画に喩えて描写する一例でもあるが、その細部にわたるスローモーションの場面は映画の絵画的なワン・カットを構成している。新生児であるはずのトリストラムが父親のことをこう描写している。

——父が最初にベッドに崩れるように身を横たえた時、父の右手の掌はその額をささえて、両の眼の大部分をおおっていましたが、次第に少しずつ頭とともに下（さが）って行って、（肘がだんだん弱って腹のほうに寄って行ったのです）、とうとう鼻が敷き布団についてしまいました。——左の腕はダラリとベッドの外にたれて、指の関節のあたりが、ベッドの垂れ布の下からのぞいているしびんの柄（え）のところにさわろうとしていました——右の脚も（左脚は胴体のほうに引きよせてありました）、なかばベッドの外にはみ出して、ベッドのへりがその脛骨を圧迫していましたが——本人はそれを感じませんでした。顔のしわの一つ一つにも、深い動かしようのない悲嘆が刻みこまれており——父は溜息を一度つき——胸をなんどか大きくふくらませましたが——言葉は一言も発しません。　（三、二十九）

この長いゆったりとした細部描写は、この作品が物語の機微に触れるときの文体の特徴を示しているが、その直前で「私」＝トリストラムは自分のペンをはこぶ手つきについて、「悲しい沈着と厳粛ともみえるいかにも用心深い様子があらわれ」（三、二十八）るのを予想し、「私が最初机にむかって、世人を楽しますために私の生涯を、また世人の教化のためには私の意見を、筆にしはじめたそのそもそもの瞬間から、何かの雲がいつとはなしに私の父の頭上に集まりはじめていました。――小さな禍いや悲しみの潮が、父のほうにむかってさしはじめていました」（同）と書いている。父親の頭から手指、足の脛骨に至るまで、トリストラムは丁寧に言葉の筆を配分して全体像を描写しているが、父親はまったく無言である。あられもない姿をベッドの垂れ布の下からのぞいているしびんに喩えて苦笑させ、うつぶせのはずの顔のしわまでしっかり読者に見せているというか、自分でのぞきこんで、見えていない観客を楽しませる。いつもは遠慮会釈もなくインクをまきちらし、ペンを放り出したり、テーブルといわず蔵書といわずインクをはねとばすのにと「私」は自問し、作者スターンはトリストラムをコメントする。もの書きがインクに浸したペンを置いて、絵具をつけた筆に持ち替えたようである。口から流れ出すトウビーの会話の言葉が過去の戦闘の場面を再現しようとしたり、父ウォルター・

シャンディが哲学や宗教や科学の談義を語るのとは違って、トリストラムは日常の小さな情景を見つめて、そこにこもった万感の情を感じ取り、それを劇的に描出するのではなく、そこから湧いてくる感慨を無邪気に拾い上げる。そのなにげない愛嬌のある仕草がスターンのセンチメントであり、ほのかな官能である。

スターンにとってページは書斎机の原稿用紙であるだけでなく、ベッドであり墓場であり、戦場であり地図であり田舎のぬかるみ道であり、さらに身体の隠された大事な場所である。死んだ村の牧師ヨーリックの墓石を黒塗りのページで表わしたり、伏せ字はともかくとして、第九巻十八章と十九章の二ページを空白のままにして次の章に進んだりするのである。本の終りで叔父トウビーが隣人の未亡人ウォドマン夫人に恋をし、部下のトリムを伴い勇を鼓して訪ねるくだりで、トリムがキッチンで小間使いのブリジェット女史を相手に取り入っている間、叔父トウビーはウォドマン夫人とナミュールの戦闘話に熱を入れ、いよいよ話の落ちであるトウビーの鼠蹊部の傷に近づく。そこは急所に近いばかりでなく、二人の恋愛にとって肝心の場所である。同じ話題に触れて、ブリジェット女史の方は「左手の掌を水平面と平行に保って、もう一方の手の四本の指をその上になめらかにすべらせました。もし小さないぼの一つでも出っ張りの一つでもあったとしたら、とてもできないようななめらかなすべらせ方でした」と無言の仕草で叔父トウビーの大事な場所の傷跡を表わしてみせた。その動作が半分も終らないうちにトリムは、「そんなことは一切合財うそっぱちだ」と叫んだが、「ちゃんと信用すべき証人たちから聞いていますわ」（九、二十八）とブリジェット女史は言った。

叔父トウビーのほうはトリムと一緒にウォドマン夫人の戸口から入ったのに、その後十八、十九章を空白にして二十章の冒頭の伏せ字の後、いきなり「ええ、その場所をお見せしましょう」と言う。ウォドマン夫人は赤くなり、次の言葉が脳裏を走る。

「まあ！　そんな所見るわけにはゆかないわ——
もし見たりしたら世間は何ていうでしょう？
見たら私、気絶してしまうわ——
でも見たい気もするわねえ——
見たって別に悪いことはないはずだわ。
——やっぱり思い切って見てしまおうっと」

（九、二十）

その後になって十八と十九の章に言葉を入れるのだが、トウビーは居間に入ってウォドマン夫人と並んでソファのところまで進み、腰をおろす動作を進めながら、「私は恋をしました」とひと言言うだけである。

スターンは自分の本は会話であると言ったが、作中人物同士の会話は少なく、そこに至る解説を読者のご婦人方に向かって話すのである。そのために脱線し、時間の前後が入れ替わり、五本の捩じれた蛇行線を虫喰い跡のようにページに引いて五巻までの筋を説明し、本のなかを自由気ままに往来する。この本の二つの軸は、スロップ医師の特製の鉗子のためにひしゃげてしまった主人公トリストラムの鼻、頭部の中心にあって脳の出来に直結し、運不運の決め手となる鼻と、フランス軍が立て籠るナミュールの丘の砦の包囲戦で負傷した、トリストラムの叔父トウビーの鼠蹊部の傷である。そこは男性の存在価値を損いかねない危険な場所である。また鼻の大小、性状は男性性器を象徴していると、スラウケンベルギウスという学者がその蘊蓄をラテン語で書いた文献をトリストラムの父親が翻訳してトウビーに話した。

冒頭でトリストラムの母親が夫に大時計のねじを巻いたかと注意したばかりに、父親のここ一番の生殖行為が狂って、難産の末に産まれたトリストラムの名前も、父親がトリスメジスタス（ヘルメストリスメギストスはヘレニズム期のエジプトにおいて崇拝された智恵の神トートのギリシア名。「トリスメジスタス」は「三重に偉大な」の意）と命名するはずが、下女のスザナーが慌てたのと、副牧師の意地からトリストラムになってしまった。この小説はねじが緩んだり逆回転したり、時間が早まったり止まったりして、主人公の記憶や現在の感覚とは無縁に、章のコラージュのように自由に組み合わされている。父親がねじを巻いた大時計の進行とは裏腹に、時間はつぎはぎされ、死んだはずの牧師ヨーリックが生きていたりする。このような自在なフィクションの構成はまさに『ドン・キホーテ』の系譜にある。ただスターンの真のリアリティは人と人との内密な感性の交感である。それは性を抜きにしながら、あるいはほのかに感じさせながら、欲望の接触を抑えているゆえに、肉に包まれた心の交流はいっそう芳醇である。

[参考文献]

Laurence Sterne, *Tristram Shandy*, London: J. M. Dent & Sons Ltd., 1959.（ロレンス・スターン『トリストラム・シャンディ』朱牟田夏雄訳、岩波書店、一九六九）
——, *A Sentimental Journey & The Journal to Eria*, London: J. M. Dent & Sons Ltd., 1960.
Ruth Whittaker, *Tristram Shandy*, Philadelphia: Open UP, 1988.
木村正俊編『アイルランド文学——その伝統と遺産』開文社出版、二〇一四。

第二章
スウィフトの皮膚の敏感さ

ジョナサン・スウィフト（一六六七―一七四五）はダブリンのセント・ワーバラ通りに近いホウイ・コートで生まれた。両親はイギリス人であったが、母親は多分アイルランドで生まれたであろうと言われている。ダブリンのトリニティ・カレッジを卒業して、当時外交官として名を馳せていたサー・ウィリアム・テンプルの秘書となった。その後聖職についたが、イギリスの政界、国教会に並々ならぬ野心をもち、強烈な風刺に満ちた本や政治パンフレットを書いて政治、宗教、社会、道徳を批判し、アン女王に睨まれたり、議会の反対派に阻まれたりして、結局イギリスではなく、ダブリンのセント・パトリック寺院の司祭長に任命された。スウィフトはイギリスによるアイルランド植民地の搾取と人民の虐待に憤慨し、アイルランドのために、イギリス議会に向かって激しい抗議運動を行った。彼は人間嫌いのレッテルを貼られもし、腐敗や堕落、不合理、非理性の標本としての身体に対する極端な嫌悪感を示す一方で、その裏返しともいえる身体への並々ならぬ執着が見えるところは、彼の宗教・哲学・芸術批評の立ち位置を示して興味深い。

一七〇四年スウィフト三十七歳のときに出版された『桶物語』の第二章に、三つ子の男の子の父親が、臨終に際して幼子らを床に呼んで遺言する場面がある。自分には遺贈する財産はないが、立派な形見の品として銘々に新しい上衣をこしらえてあげたといい、「これらの上衣には二つの効能が備わっている。第一に、丁寧に着てさえいれば、それはおまえたちが生きている限りいつまでも新しく丈夫なままだ。第二に、それはおまえたちの成長に見合って背丈も幅も自然と大きくなるから常に身体にぴったり合うようになっている」(中野好之・海保眞夫訳、以下同)という。どれが長子ともつかぬ三人の息子、ピーターとマーティンとジャックはそれぞれカトリック教会と英国国教会とプロテスタントのカルビン主義派を意味するし、上衣はキリスト教の教義と信仰を意味しているのだが、それは身体にまとう衣装というよりも身体の皮膚そのものである。皮膚は身体の内臓を隠しもすれば身体そのものでもある。

第九章でスウィフトは、事物の表面に留まる叡智は、その深部に侵入して内部はがらくた同然だと発見する哲学よりも格段にましだという。視覚と触覚は事物がもっとも直接にわれわれに訴える二つの感覚で、物体の外面に宿るか、芸術によって描かれる性質以上には決して深入りしないが、お節介な理性はそれを切開し裁断し貫通しようとする。この種の真似は「自分の最善の造作を提示するのがその永遠の法の一つである自然の本意を捻じ曲げる」というのである。そして「先週私は皮を剝がされた女を見たが、彼女の姿がどこまで醜悪になるものか諸君にはほとんど信じられないだろう。昨日私は一人の伊達男の死体を目の前で解剖してもらったが、この時もわれわれは立派な揃いの衣服の下に思いもかけぬ多くの汚点を発見して一同幻滅してしまった。続いて私は彼の脳髄、心臓、脾臓の解剖に移ったが、ここでも手術が進むにつれ、われわれはその欠陥の数も分量もそれに応じて増大することをはっきり見届けた」と語る。「エピクロスのように事物の表層から発して彼の感覚を打つ映像ないし皮膜だけに自らの観念を安心して限定できるような真の意味の賢者は、自然の表面だけをすくい上げ、残った酸っぱい滓を哲学や理性になめさせておく。これこそが上手に騙（だま）されている心の状態」であると言う。しかしスウィフトはこれを良しとするのではなく、表面に安住する人を揶揄しているので、彼の露悪戦略の政治批判や糞便嗜好の語り口は極端な風刺のレトリックになっている。

スウィフトは皮膚を切り裂くような解剖はしない。彼がウィリアム・テンプル卿の家で出会ったときは八歳か九歳の少女であったエスサー・ジョンソンにステラとあだ名を付け、彼女はその後彼の生涯の生徒、乳母そして心の伴侶になった。一七一〇年九月から一七一三年六月まで、ロンドン政界と社交界のなかで暮らしながら毎日日記代わりに書いてはダブリンの愛するステラに送り続けた手紙のなかの一通は興味ある内容である。

ステラへの手紙（XLV）

ロンドン、一七一二年四月二十四日

貴女のお手紙二、三日前に受け取りました。今はまともに返事が書けません。この前手紙を書いて以来ひどい状態なのです。丁度一カ月前になりますが、最初は左肩の先が少し痛んで、それが段々ひどくなり、六日間のうちに広がって、やがて一斉に始まって私のカラーの辺りから左の首にかけてぞっとするような赤い斑点が燃え上がって、それが小さな吹き出物になったのです。四日間というもの首の痛みで休むことも眠ることも出来ず、それから少し楽になって、その後、痛かった所がひどく痒くなって、それは想像を絶するもので数日間夜も眠れなかったのです。激しく擦りはしましたが引っ掻きはしませんでした。すると三つ四つ大きな水ぶくれみたいなただれが出来て汁が出る。とうとう私は医者にそれは水泡のように扱ってはどうですかと言ってやり、それで私はうまごやし膏薬を貼ったのですが、まだはしります。それになお結構痛むのですが、今は日毎によくなっています。二週間部屋に閉じこもって、それから一日、二日外に出ましたが今はまたこもっています。

〔……〕　　　　　　　　　　　　　　　　　　　　　　　　（引用者訳、以下同）

帯状疱疹の哀れな症状をスウィフトは必死で書き綴っているが、肝心の皮膚の内から神経と膿みが噴出しそうになっている。これでは大事な皮膚の上衣によっても隠しようがなく、自分の内臓が透けて見えんばかりである。五月十日にも同様の報告をしたあと、

哀れな手紙なり
機知も浮かばず、
皮疹に罹り
珍想空を飛ばず。

などと哀れな文句を並べ、書簡の締めくくりにはいつもステラへの愛を込めた別れの隠語や記号が書き連ねられるが、ここではステラを lele と呼びかけながら、I can say lele it, ung oomens, iss I tan, well as oo. とある。これは I can say lele yet, young women; yes I can, well as you. なので、women を oomens と書き、you を oo と、孔を連ねて表すのは面白い。『ガリヴァー旅行記』(一七二六) のフウイヌム国 (馬人国) で、人間の姿態をした獰猛で卑猥な動物が丘の上のへろ ooze から湧いてきたというのと考え合わせると、O へのスウィフトの思い入れが推察され、それはベケットにも連なっている。

スウィフトは政治と道徳のことでは攻撃的な激しい議論を展開するが、『ガリヴァー旅行記』の主人公の船医、レミュエル・ガリヴァーは乗船した船が台風にあって難破したり海賊に乗っ取られたりして、いろいろな異人の島国に漂着する。第一の旅では海を漂流しているうちに遠浅に足がついてリリパットという小人国に上陸する。ガリヴァーが疲労の果てにその浜辺の草地で九時間熟睡したあと目が覚めると、だれもが子供のころ『ガリヴァー旅行記』の絵本で見た、巨人が小人たちによって手足、首を無数の細紐と杭で地面に縛り付けられている自分の姿に気がつく。六インチほどの大勢の小人たちが大騒ぎをしている。ガリヴァーはズボンと革のジャケットを着てはいるがまったく無防備で、浜に打ち上げられた鯨の体たらくで未知の国の軍隊に取り囲まれている。ガリヴァーの最大の武器は彼の言語の才で、容易に未知の言語を覚えて異国の上層部の人たちと意志を疎通させられることである。滞在の終り頃、夜中に王妃の宮殿で火事があり、ガリヴァーはとっさの機転で、前夜たっぷりうまいワインを飲んだまま溜まっていた尿を王宮の適所めがけて放出し、たちまち大火を消し止めた。ガリヴァーは異国で言語が通じる前に身体を差し出して国民と交渉したりトラブルを起こしたりした。

第二の旅のブロブディンナグ（大人国）では、船が嵐のために漂流し、ついに陸地を見つけ、飲み水を求めて本船からボートを出して上陸してみたが、巨大な動物が現われて追いかけられ、仲間はボートで必死に逃げ、ガリヴァー一人陸に取り残される。四〇フィートもある麦畑の間道を端まで歩き、高さ一二〇フィートもある柵に出て、木戸は見つかったが、そこへ登る四段の階段は一段が六フィートもある。登ることは到底出来ず、ふつうの六倍はある大鎌をもって迫ってくる七人の怪物を見て観念し、畝の間に身を横たえ、このまま死んでしまえるものならと思う。侘（わび）しい寡婦と父親のいない子供らをいとおしく思う。とうとう刈り手の一人が近づいて、人差指と拇指でガリヴァーの胴中をつまみ上げ、彼の眼の前三ヤードばかりのところへもっていく。人間の子供が珍しそうにつまみ上げる虫けらか小動物にガリヴァーはなって、六〇フィートの高さからいつ地面に叩き付けられるかもしれないと恐怖におののく。ガリヴァーは通じない言葉を必死で明瞭に発音し、涙を流す。理性動物であるガリヴァーは哀れな虫けらの身分になり下がって、巨人の前で命乞いをする。ガリヴァーは心身ともに傷つきやすく、自己批判的で受け身である。上陸した他国社会と自国社会の境界はガリヴァー自身の皮膚なのである。

第四の旅ではガリヴァーが船医として乗り込んだ商船が海賊に乗っ取られ、どことも知れぬ陸地に追放され、浅瀬を歩いて上陸した島のフウイヌム国は皮膚が衣服である馬人の国である。ガリヴァーが最初に畑のなかや樹の上に見た動物は人間の格好をしているが、「頭と胸はいちめんに濃い毛――縮れたのも、まっすぐなのもあるが――が密生している。山羊(やぎ)のような髯をはやしている上に、背中から脚および足首の前部へかけては、長い毛並みが深々と生えているが、その他の部分は全部無毛で、黄褐色の皮膚が、裸で見えている。尻尾もなければ、臀部(でんぶ)にもまったく毛はない、あるのはただ肛門の周囲だけだった」(第四篇、第一章。以下、四、一と略記。中野好夫訳、以下同)。また「雌は雄ほど大きくなかった。顔には長いまっすぐな毛が生えているが、その他の部分は、肛門と恥部を除いては、ただ一種の柔毛(にこげ)のようなものに蔽われているだけだ。乳房はちょうど前足のあいだからブラリと下っていて、歩く時などはしばしば地面まで届くことさえあった」（同）。これがヤフーと呼ばれていて、そこの国の主人でフウイヌムと呼ばれる馬の奴隷になっている。人間の形態をした動物が馬の奴隷、つまり普通の人間の国とは逆の関係になっている。

ガリヴァーは寝るときは服を脱いでそれを身体にかけて眠るが、ある朝早く主人の側仕（そばづかえ）の栗毛仔馬が呼びにきて、ガリヴァーの裸を見てしまう。不審に思った主人の前でガリヴァーは服を脱ぐはめになる。ガリヴァーは「まずボタンをはずして上衣を脱いだ。次ぎにはチョッキも同様、それから順に靴、靴下、ズボンも脱ぎすてた。シャツは上は腰までずり下ろし、裾はめくり上げて、ちょうど腰の周りに帯のように捲いて、全身丸出しにならないようにした」（四、三）。これはいかにもしおらしい、少女のような恥じらいである。ガリヴァーの繊細さがわかる。

一七一〇年、スウィフトは四十三歳のとき、「おしゃべり屋」（"The Tatler, No. 5," *Prose Writings of Swift*, 293-299）というエッセイで夢の話をする。メイドがスウィフトの寝室のテーブルの上に置き忘れた童話の本が話の発端で、シンデレラのようないろいろな夢物語のなかに、「ライオンは本当の処女は傷つけない」という格言があった。それがもとで、スウィフトは子供の頃からの習慣の長い夢を見る。大昔の定めにより、各教区で教会の敷地に接した場所に共同の費用で一頭の雄ライオンが飼われていた。女性はだれでも結婚するときは処女であることを表明するため、結婚式当日ウェディングドレスを着てひとりでライオンのねぐらに入り、二十四時間餌を与えられずに鎖を解かれたライオンと一時間を共にしなくてはならないのである。ライオンのねぐらの外、ほどよい高さには若いカップルの親戚、友人、その他一般の見物人のための観覧席がしつらえてある。もし新婦が断れば、その女と結婚するのは不名誉となり、女は淫売呼ばわりされても仕方がない。教区のライオンを観るのは芝居やオペラを観に行くのと同じ娯楽であった。ライオンが教会のそばで飼われているのは、新郎が試練を経た処女と結婚するためにも、またライオンが、いつものことだが残りの肉をむさぼり食べた後、女の骨を埋めるためにも便利であると考えたからだ。

こうした夢のなかでスウィフトは友人に連れられてまずコヴェント・ガーデンのライオンを観に行くが、そのライオンが骸骨のように痩せているのにびっくりする。ライオンはこの教区に来て以来、女の肉に一オンスもありつけないのだと飼育係がいう。この地区の女たちはさすがに貞淑な女たちばかりかとスウィフトが言うと、飼育係は、ここのご婦人方はみんなライオンの爪を恐れているから、男たちは誰も彼女らと結婚しようとは思わなくて、それでご婦人方はみんな尼僧院へ入って処女を誓うので、ここの尼僧院は町中で一番大きいのだという。次の教区のライオンのところへ行くと、美しい若い婦人が観覧席の恋人や友人たちに笑顔を振りまき、落ち着き払ってライオンに向かって進むと、ライオンは右爪を上げ、婦人の腕をつかんで引き裂き始める。婦人は恐ろしい悲鳴を上げ、「ライオンは正しい、わたしは処女じゃない、サッポー〔前六〇〇年頃のギリシアの女性抒情詩人〕! サッポー!」と叫ぶ。彼女は同性愛(サフィズム)者だったのである。

別のライオンの見世物では堅物で有名な女性が登場した。ハンサムな若い鍛冶屋と結婚することになったが、恋人と会うときも間に椅子を六脚おき、ドアは開けたまま、妹と一緒という始末だった。ライオンが雄であることだけで恐れ、雄の動物がずうずうしくも彼女に息を吹きかけると思うだけでぞっとした。びくびくしながらライオンの檻に入るのも、見物席に男がたくさんいるからだと皆は思った。ライオンは離れて女を見るとすぐに威嚇の仕草をした。哀れな女は恐怖のあまり皆の見ている前で流産してしまった。これにはライオンも見物人同様驚いたらしく、女が告白する余裕を与えた。「わたしは父さんの店の職長の子を身ごもって五カ月なんです。妊娠はこれで三度目です」。

この夢物語はもちろん道徳、キリスト教会、風俗に対する風刺と揶揄であるが、それを教区で催す美女と野獣のカーニヴァル仕立てにして、女の肉を「もてあそぶ」のはスウィフトの得意とするところである。スウィフトは夢のなかで最初にライオンの裁きを観に行こうと友人に誘われたとき、自分はそんな残酷な見世物は好みでないといっておきながら、その後でじっさいに観に行って詳細に叙述しているのである。スウィフト自身は少なくとも想像するのは嫌いでなかったに違いない。

スウィフトが初めてダブリンを訪れたとき、アイルランド人の悲惨な姿に衝撃を受けた。痩せた男たちは古着を着て暗い貌をうつむけて歩き、ぼろをまとった女たちは赤子を抱き、幼子の群れを率いて教会の入口に施しを求めて集まっていた。スウィフトはアイルランド人に対する英国議会の厳しい搾取の実態に触れて激しい憤りを覚えた。自分はアイルランドの人間になり、アイルランドの地位の向上のために闘おうと決心した。しかしスウィフトが一七二九年六十二歳のときに痛烈な風刺とアイロニーを込めて発表した、『アイルランド貧民にとって子供が親または国家の負担になることを防ぎ、公の利益たらしめるための一私案』は、スウィフトのスキャンダラスな空論の真骨頂である。

私はロンドンの知人で物知りのアメリカ人に確かめたのだが、よく育った健康で若い一歳の子供は一番美味しくて栄養があり、シチュウにしても、串焼にしても、天火で焼いてもボイルしても健康的な食物で、蒸し焼き（フリカッセ）でも煮込み（ラグー）でも上等なこと疑いなしだ。そこで皆の一考をうながしたいのだが、既に勘定済みの十二万の子供のうち二万は繁殖にとっておくとして、そのうち四分の一だけを男として、それでも羊、黒牛、豚の割合よりは多いのだ。それというのもこの子たちは結婚で産まれたのはめったにないので、そういう境遇はこの手の輩はあまり頓着せぬ故、女四人を相手するには男一人で十分であろう。それで残り十万は一歳で英国中の上流の資産家に売りに出すというものだ。ついては母親には最後の一カ月間はたっぷりしゃぶらせて、美味しい食物になるように丸まると太らせるように言い聞かせるのだ。友人をもてなすのに子供一人で二皿分はあるだろう。家族だけの食事なら前部か後部四分の一あれば結構な盛りの料理になって、塩胡椒で少々味付けしておけば四日目には、とくに冬にはボイルが大変宜しい。　(*Prose Writings of Swift*, 260-270)

ブラックユーモアを通り越していささか地獄の沙汰にも思えるが、しかし帝国植民地主義に替わって、今日資本主義の極まった商業主義の偽装食物の時代には、包丁の効いた奇想譚に聞こえるではないか。ダブリン・セント・パトリック教会司教として道徳の説教で身を固め、女性を近づけず、英国議会を相手に政治攻撃の筆を緩めなかったスウィフトが、想念のなかではいかに自由に身体を解放し、言葉の表現の肉付けに身体を差し出し利用していたかは、『ガリヴァー旅行記』の冒険の奇想を見ればわかることだ。その行動的な叙述は、主人公の意識の反映を除けばジョイスにも通じるものである。

ジョイスにとっては肉も骨組も言語であって、それは解剖学的な身体として『ユリシーズ』の骨格を構成し、内臓を肉付けした。浴槽に浮かぶレオポルド・ブルームの身体そのものが肉の舟であり、ブルームはそれに乗るのではなくその舟のままにダブリン市内を移動する。ジョイスの肉が言語になりきって女の身体に侵入するのはやはり手紙のなかである。駆け落ちして間もないころ、トリエステに置いてきた連れのノーラに、滞在先のダブリンから夜ごと欲情を乗せて送った手紙はもっとも赤裸々に肉化した言語である。同じくロンドンのスウィフトも手紙に乗ってステラの寝室に侵入する。キャロル・フゥリハン・フリンはその『スウィフトとデフォーにおける身体』のなかで、スウィフトの従順な生徒であるとともに乳母でもあるステラへの手紙のなかで、スウィフトがいかに言葉を遊びながら遠く離れたステラと親密に戯れていたかを検証している。

スウィフトは十八世紀のイギリス上流社会の例でもあったが、父親が亡くなったあとで生まれると乳母に預けられ、母親はレスター州の実家に帰り、乳母はその後スウィフトを「誘拐」

して故郷のカンバーランド州に戻り、そこにスウィフトを留めて三年間養育した。その間乳母はスウィフトに文字を教え、やがてスウィフトは後年、よりすなおな乳母＝文（ふみ）友だち、ステラからヴァネッサ、アチソン夫人に至る女たちの綴りを直すことになる。「乳母の胸で覚えた言語はさらなる離別を防ぐ武器となる。スウィフトは言語に生き言語に死にながら、これらの最愛の女たちを言語の絆につなぎ止め、子を産む連鎖をアイロニーの連鎖に置き換える。それは書かれた紙同様に永続し、肉屋にもオマルにも使い、情動を抑制するにもよく、パイを包むのにもよい材料だ」（*The Body in Swift and Defoe*, 121）とフリンは言っている。

一七一一年十月九日、ダブリンのステラへの手紙（XXXII）につぎのような単語の訂正表が載っている。

以下ステラの新しい綴りの全一覧

Plaguely,	Plaguily.
Dineing,	Dining.
Straingers,	Strangers.
Chais,	Chase.

Waist,	Wast.
Houer,	Hour.
Immagin,	Imagine.
A bout,	About.
Intellegence,	Intelligence.
Aboundance,	Abundance.
Merrit,	Merit.
Secreet,	Secret.
Phamphlets,	Pamphlets.
Bussiness,	Business.

このあとでスウィフトは、「それでも一単語につき間違いは一文字だけです。これからは私への手紙一通につき誤字は六個だけ許します」と付け加えている。

一七一一年十月二十三日の手紙（XXXIII）にはこういう文がある。

三十二通目を自分で郵便局に投函してきました。私たちが別れてから手紙が道路をPMD〔スウィフト（プレスト）とステラ〕に行ったり来たりしなかったことはいっときだってなかったと思います。もし女王がそれを知ったら私たちに年金を下さるでしょう。なぜかって、郵便配達夫に幸せと給金をもたらすのは私たちなんですから。そうでなければ彼らは首の骨を折って落ちぶれてしまうでしょう。しかし古い諺にある通り、

雪でも嵐でも雹でも
PMDの手紙が止むことはない、
横っ風で遅れようとも、
PMDの手紙の流産はない。

さらに一七一一年十一月三日の手紙（XXXIV）にはこう書いてある。

今日はシティをずいぶん歩いて健康のために精一杯体を動かしています。でもハイドパークは歩けません。それはただ歩くためのもので時間の無駄ですから。ですから私は仕事を兼ねて歩くのです。MD〔ステラ〕がプレスト〔スウィフト〕の半分ほども歩けたらいい

のですけど。そうしたら私は貴女の後か前を歩いて、貴女はお面を被っていくらでも裾をたくし上げて、それにステラはもともと脚は丈夫で、身体もしっかりしている。気取って歩いて溝も上手に踏み越える姿が目に浮かぶようです。ディングリ〔ステラの付き人〕もペチコートをピンで留めておけばうまくやれるでしょう。でも彼女ときたらどぎまぎして怖がって、それでステラが叱り、ディングリはつまずき、泥まみれになって。貴女はまだ鯨の骨入りのペチコートをなかにつけているのですか。私はあれは嫌いです。こちらの女はそれとなく勇ましい格好を下に隠しているのかも知れません。へん、なんてことをいってるんだろう。私はMDに向かって歩いていて顔をつき合わせているらしい。

政財界の有力者とアン女王らとの毎晩の会食と懇談の報告がほとんどの、日誌代わりのステラへの手紙のなかで、これらはむしろ型破りの親密な語りかけではある。

フリンは精神分析のアプローチで、スウィフトと生徒たちとの関係に女性らしい繊細な考察を加えている。

スウィフトはヴァネッサ〔ダブリンに住んでいたオランダ人商人の娘にスウィフトが付け

たあだ名」のなかの「上品な男の子」に応じるときは、ソクラテスがプラトンの『饗宴』のなかで探求した愛のように一種「プラトニック」な性的な愛、観念的であるとともに物質的な愛、形の愛でもあれば肉の愛でもあるものを表現している。ヴァネッサ、ステラ、後にアチソン夫人とのスウィフト流の家庭教師的関係のなかで、相手との性的な関係に近づくにつれて、繰り返し観念と現実を妙に混じえたものを差し出し、結局は教育を通して優しいスウィフトに変質した相手の自我を自己愛的に皮肉に評価するところへ引っ込んでしまう。恐ろしい肉体、覆い隠すことのできない、蒼ざめた黄ばんだ死骸を避けるために、スウィフトは相手の人間を真っ二つに割って、男らしい勇気のある、学究的な面を重んじて、彼の生徒を優しい男、上品な男の子に変えてしまう。この戦略の同性愛的な要素が、スウィフトの教養が是認する女性の価値を引き下げることは否めない。彼女らの性質の女らしいところが当然消されたり「改良」されたりする間に、彼女らの男らしい長所が衛生的になって、彼女らの本来不潔で下品な面が埋め合わされ、最終的に女性たちは死へとつながる子を産む連鎖から解放されることになる。（119-120）

スウィフトの汚れへの嫌悪、衛生の理想化は彼の実生活からも物語からも窺われる。ブロブディンナグ（大人国）での巨人の女官たちの醜悪な裸体の描写、フウイヌム国（馬人国）の不潔で卑猥なヤフー（動物人間＝女）と清潔で高潔なフウイヌム（馬人）の対比にも見られるように、政治家・聖職者・批評家スウィフトが作家でもある所以は、この不潔、卑猥と高潔志向の両面を独身者スウィフトがもっていたことにあり、そこから彼の風刺文学は生まれてきたのである。

フリンは「ステラが病のために死期を迎えたときもなお、ステラが唯一理解できるものである肉と血の本質に帰していきながらも、スウィフトは背理的に彼女の病弱こそ真の彼女自身であると主張する。それはちょうど、彼女がもう若くなくなって初めて、彼が安全に自らのハープを奏でることができるようになったのとおなじである」（129）と言う。異性との性愛の欲望を含んだ言語ゲームと、同性愛的な観念的言語による遮蔽のゲームをもてあそぶスウィフトの、しかし最後まで牛ならぬ乳母のミルクと慈愛にあまえようとする稚気は、アイルランドの文学の根底にある両性的要素と考えると腑に落ちるものがある。

[参考文献]

Jonathan Swift, *Gulliver's Travels*, New York, London: W. W. Norton & Company, 1970.（ジョナサン・スウィフト『ガリヴァ旅行記』中野好夫訳、新潮文庫、一九五一）

——, *Prose Writings of Swift*, London: Walter Scott, 1886.（『スウィフト政治・宗教論集』中野好之・海保真夫訳、法政大学出版局、一九八九）

——, *The Works of Jonathan Swift, D. D. Dean of St. Patricks, Dublin, containing Additional Letters, Tracts, and Poems Not Hitherto Published; with Notes, and A Life of the Author, by Walter Scott, Esq. volume II*, Edinburgh: Archibald Constable and Co., 1814.

Carol Houlihan Flynn, *The Body in Swift and Defoe*, New York: Cambridge UP, 1990.

第三章

J・B・イェイツの人物と風景

ジャック・バトラー・イェイツ（一八七一―一九五七）はジョン・バトラー・イェイツ（一八三九―一九二二）の第五子としてロンドンのフィッツ・ロード二十三番地で生まれた。ウィリアム・バトラー・イェイツ（一八六五―一九三九）の弟である。子供の頃はあまり父親の家にはおらず、アイルランド西海岸の港町、スライゴにある母方の祖父母の家で過ごした。そこで聞いた船乗り、密輸業者、海賊たちの話はジャック・イェイツの幼少教育に大いにあずかった。曾祖父の一人も貿易業者兼密輸業者であった。彼の競馬と拳闘への愛好もここから始まった。祖母も水彩画をたしなんでいたし、兄姉たちもみなデッサンや油絵を愛好した。

私が一九七三年に初めてジャック・B・イェイツの絵をダブリンのナショナル・ギャラリーで観たときは、こね回した油絵具の上に人物が一人、二人、亡霊のように立ち、顔を近づけて人物の顔を覗くと、白い肌に目鼻、口が、細い筆の先でくっきりと描かれているのに驚いた。厚い絵具の衣服は風になびき、絵具の荒野にまぎれもなく人間がしっかりといるのがわかった。一瞬の表情を繊細にとらえており、泥のなかに一粒の真珠を見つけて思わず目を見開いた。よく見ると、競馬場、リフィ川の競泳、サーカスの桟敷、どこであろうと、定められた運命に冷えびえとしたがう生ける死者のような、超然とした現実の顔である。農場や町に生きる人間の日常の顔というよりも、農場や町の場面の舞台で演じる役者の表情をしている。早いタッチのペンで挿絵を描き、新聞、雑誌の写真の記事からさまざまな人間模様を取り、劇作家として現実から取材し、舞台の登場人物の科白と演技を構成したJ・B・イェイツが油彩画に到達して、現実の人物の模倣から脱し、画のなかに独立して生きる、永遠に生き続ける人物の創造に向かった結果、生み出された油絵具の人物像である。

J・B・イェイツは父親が画家で生活にゆとりがなかったので、一八七九年スライゴの祖父母の元へ行き、一八八七年までそこで暮らした。兄のW・B・イェイツとは違って弟は学校の成績は最低だったという説が通っていたが、その後の調べで、じっさいは試験で一番や二番、また図画以外は全部が合格だったという証言が得られている。十六歳で学校を終えると祖父母の家を出てロンドンの両親の元へ戻り、チズウィック美術学校、ついでウェスト・ロンドン美術学校、さらにウェストミンスター美術学校に通った。その後も夏毎に帰ったスライゴの風土と人間はJ・イェイツの感性に深く染み込み、ダブリンの二十世紀初頭の政治運動よりも彼の世界観を決定づけ、その芸術活動、挿画、演劇、創作の基調を形成することになった。彼はそこでアイルランド人になりきった上に、それをアイルランド人以上に言葉と描画でつかみ、表現した。彼がアイルランドを代表する画家になったもとには、兄W・B・イェイツのケルトの薄明とは反対の方向で、スライゴの土地、海と土と丘と空がある。貿易業者、ときに海賊でもあったという祖父の元で、J・イェイツは海と船乗りたちに馴染み、潮の干満が川面を上下させ、湖と空の雲と、鳥の飛翔、馬、羊、旅芸人、旅行者、鋳掛屋の往来に時の流れを見、生死の移り変わりを感じ、それが指先の絵具の伸びとなり、世俗の人の語る言葉や風の動きとともに彼の文体となった。自然のエレメントの流れ、音の流れに生と死の影が映っている。

スライゴの町と山

J・イェイツは初めは漫画、物語・ニュースの挿絵、広告、子供向けのミニチュアの芝居の脚本を書いてセットを作ったりしていた。とりわけJ・M・シングとアイルランド西部のゴールウェイから沖合のアラン島へ旅したときは、シングが島民とやり取りするのを聞きながら、自然と人間の関わりについて深い感銘を受けた。船乗り、漁師、その妻、農夫、馬乗り、サーカスの曲芸師、船大工、鋳掛屋、物乞いなど、土地の人びとをリアルに、今なら写真がその役割を果たしている人物と情景の記録を、手のリズミカルな描線で、スケッチではなく印象をもとにアトリエで描いた。ときに淡褐色に色付けすることもあったが、やがて水彩で仕上げるようになり、さらに油彩画を始めて彼の本領を発揮することになる。戯曲もたくさん書いてダブリンでも上演されたが、一九三〇年に最初の小説『スライゴ』を出版した。この題については本文中に次のエピソードが入れてある。

この本の題名について。ある日汽車でアイルランドの湿地(ボッグ)の多い地方を旅しながらノー

J・B・イェイツ,〈回転木馬〉, 1903 年, ドローイング・鉛筆・紙, 8.5×11.1 cm

J・B・イェイツ,〈イースト・エンド・ホールのボクシング〉, 1904-1905 年, ドローイング・鉛筆・紙, 14.5×22 cm

トを付けていると、向かいの席に座っていたアコーディオン弾きが、「書くのを止めて一曲弾いてみませんか」といってわたしにアコーディオンを差し出した。「耳の方はダメなんです」というと、「耳じゃない、体で弾くんです。本を書いてるんですか」と彼は言った。「ええ、そのためのノートをつけているんです」というと、「題はなんですか」と訊くので、「まだわかりません」と答えた。「〈スライゴ〉にしなさい。それは町の名前です。アイルランドで唯一わたしがいたことのない町です。一度その近くへ行ったことはありますが、そのはずれに泊まって、バリナという町に向かう野牛につながれた長い荷馬車に乗りました。〈スライゴ〉がいい。きっと幸運を呼ぶ名前ですよ」というわけです。彼が私に一曲弾かないかといったとき、彼はチューンよりチューンと発音した。それも結構なことだ。私の墓に一曲手向けてくれるんなら、トゥーンよりチューンといってもらいたいもんだ。〝トゥーン〟という語には威厳が欠けていて有り難味がない。「アイルランドの町にはひとつひとつ叫びがある。スライゴなら、〝スライゴや、わんぱくどものとれるとこ〟と歌ったもんだ。わんぱくというのは〈子豚ちゃん〉くらいのからかった意味で母さんたちが子供らをそう呼んでいたものだと思う」といった。（"Why sligo" in *Sligo*, 64. 引用者訳、以下同）

スライゴはアイルランドの西の秘境、海と川と湖、そして海岸からせり上がった巨大な牛の背のような山並みに囲まれた港町で、イェイツ一家の故郷である。そこに住み、往来する人と動物、水と風と運命をユーモアと風刺を込めて語るＪ・イェイツの小説も戯曲も風土から発酵して、言葉のなかに染み込んでいくようである。そのアイルランド英語の文体は、語り言葉の自然な連想と心理の誘導を速記する日常言葉で、文法と統語法が論理的形式的に整った近代英語以前の意識の連なりを、土地の素朴な口語として示している。ヨーロッパ語のように論理的形式的構造をもたない日本語を使う日本人には共感できる文体で、親しみのある省略、反復、短絡した語法である。たとえば、

> I am sure "the rogues" meant were the amusing kind those "wild pigs of the World" after which mothers used to call their children.
>
> (*Sligo*, 64)

という構文は、並んだ単語の意味をつなぎ合わせれば、文の言っていることはわかるが、子供が片言でしゃべっているように、余計な接続語がなくて息がつながっている。子供と同じ、土地の会話の運びなのだ。

小説「そうなんだ」（*Ah Well*）の書き出しはこんなふうに始まる。

「死よいつでもこい」だれだって気楽にいってみるもんさ。だけどいつでもいえるもんか。森の小径で死んだばかりの小兎がぐったり倒れているのを見てそんなことがいえるもんか。これっきゃないのさ――平らな世界があるだけだ。わしらにとっちゃ平らなんだ。道理で考えりゃ、地球儀にゃ世界中の国が印刷されてニス塗られて両手でそっと受けとめられるもんだが、陸地というのは平らなんだ。わしらはその上を歩くことができるし、船は海に筋をつけて回れる。陸地にゃどっしりした波があり、海にゃ上下する波があるが、それでも全体は絨毯のように平らなんだ。しかし平らの考えはさておいて、そういってよけりゃ、空間の道といったものがあって、そこにゃ物がない。滝が天に吹き上げて星を舐めようとしてるのを見て、「あれはなんなんだ」といいたくはならねえ。ただ少し切れ目を入れて「物」をわしらの語彙から外したいと思う。あまり気にしてねえ言葉を外したら、男の子たちが空間をばらして小さな隠れ家作って、そこで暮らして自分たちのアイディアを磨こうとするのがどうってことかわかるのかもしれねえ。（3）

わしらの語彙から「物」を外す、というのがいい。物を名付けているその名詞が意味する概念の分類箱にその物を仕舞って済まさず、名前のつけられない現象、情景、情感を、名前を使わずそのまま表現したいと思う。言葉を使わないなら絵に描くしかない。

彼［ブラウン］はわたしのイーゼルのそばに立って、イーゼルに敬意を表して帽子を取り、わたしの絵具箱に乗せる。三段ある引き出し箱の一番上である。帽子がパレットに触れているので取り上げて縁の裏を見ると、案の定緑の絵具の斑点がつき、口紅色の深紅がちょっぴりついていた。ブラウンに見せると、だれかの唇が帽子の縁に接吻したと思ってうっとりしていた。堂々として、一瞬雌鳥がコッコッと鳴いているような恰好だった。わたしとしてはまっさらな布切れを取ってテレピン油で帽子の縁を拭いてやらなきゃならなかった。彼はテレピン油の匂いが好きだ。食前酒を飲んだことがある。遠くの樅の梢から取った酒だ。テレピン油の味がした。(7-8)

ブラウンは昔話をするが、そのなかで夜明けについてこんなことを言う。

わしはもういちど見たい夜明けが十ある——見られるものなら。それを話して思い出せたら絵に描けるだろうよ。絵を描くなんてこの古帽子ほども知らねえこのわしが。それでも、芋蔓式にな。思い出せれば、そこの隅の壁に向けてある新しいカンヴァスにわしの記憶を色づけられるだろうさ。インスピレーションをじっと待っとるのさ。（8）

このブラウンの話はＪ・イェイツの絵を理解する上で大事なヒントを与えてくれる。ブラウンは思い出せたら絵に描けるだろうと言う。これは現実の日常の人びとの情景をスケッチしながらも、後は記憶に基づいてアトリエで絵を仕上げたＪ・イェイツの描画の方法で、記憶が彼の絵の要素であることを暗示している。彼の描く人物の臨場感は版画では一層際立っているが、スナップ写真をもとにしたり模倣したりした後の画家の絵と比べると、人物の個性的な身振り、表情の描写の見事さはあるにしても、表現的な筆使いは現実の表面を即妙にスケッチするというより、過去の情景を想起し、遠ざかる場面を描き留める時間の遠近法、記憶の奥行を深く感じさせるものがある。彩色は現実の色の再現というよりも、記憶の残照が映し出される色である。

Ｊ・イェイツの風景は、観る者の現在から画面の過去に遡る時間と、その過程で記憶が幻想（イルージョン）となって表現される時間が、揺れ動く色と筆に伸ばされた絵具に塗り込められている。そういう意味ではＪ・イェイツの絵は眼の前の情景の描写というよりも物語的で文学的、過去の、他所（よそ）の、創作した話であるといえる。筆触のうねりは現在のエネルギーを湛えているように見えるが、Ｊ・イェイツの記憶の場面が芝居の舞台となり、現実にうごめいていた人物は舞台上の役者の演技となって、現実の場面よりも象徴的になっているのである。彼の絵を観ると舞台の役者を観る思いがするのはそのためである。彼が子供向けの人形芝居の人形と装置と脚本を作ったり、戯曲を書いたり、新聞や雑誌にいろいろな挿し絵を描いて、言葉による記述の合間にその場面を舞台化して見せた技がその裏にあるからである。

「わたし」はブラウンに、昔よくやったように「思い出しっこ」をしようと提案し、主にブラウンが昔観た芝居や、サーカスの馬車競争の話をし、やがて自分が住んでいた小さな町の話を始める。濁り茶色の淡水湖と、青灰色の鋼（はがね）のような海に挟まれた町に生まれ、旅行書を読んで頭のなかで旅する以外は町から二〇マイル以上離れたことがなかったという。町長のことや町の住民、海賊のことを思い出す。

周囲から隔離された町の通りはＥの形に配列されており、その文字の背は川の土手に沿っていて、三本の枝は盆地の底の平地を突き刺しており、その枝の間には二つの広場があり、一方は白砂、もう一方は黄色い板石が敷き詰められて、中央に噴水があったと話すと、古いスライゴの町のイメージがおぼろに浮かんでくるのである。

ブラウンは自分が小説の語り手になったように語る。

> その町はある思い出を抱いていて、それは茶色の川だった。毎晩降っても晴れても、E字の背に沿った手摺には二、三の人が寄りかかって、口を開けて肺も腹も、あのむかつく、むなしいおだての無邪気な満潮の甘ったるいふわっとした、うっとりする、もの足りなそうな沼地の息で満たしている。〔……〕それは気持のいい川だった。海に転がり落ちる前の滝の端から一〇〇ヤード以内の古い貝殻と小石にとっては幸せだった。そいつらは流れがどんなに急でもかまわない。いつも滝の東側の岩の間にひっかかり、ときおり数ヤード後戻りして川を上がるのだ。するとまた淡水が注いできてそれを下流に押し戻す。町の男たちは片足を下の桟にのせて柵に寄りかかっている。片足を桟に乗せて。男らしく、おとなしく。その片足を桟に、両腕は洗い流したカウンターついて、なみなみ注いだジョッキをがぶ飲みしている。小豚みたいな鬘（かつら）っぽい頭の彼等の祖父（じい）さんが飲んでいたころみたいに。飲みものなんざ男にゃみんな同じだが、思うことはそれぞれだ。
>
> (18-19)

茶色の湖から注ぐ淡水に押し流された貝殻と小石が滝の手前の岩場につかまって、決して海に流れ出ることはなく、また川の上流へ押し戻されたり、滝口へ流されたりするのをいつも川の柵に寄りかかって眺めている町の男たちの風情は、パブでギネスを飲む情景に重なって、この町に住む人間の運命、生き様の象徴になっている。人間の運命が自然に流されているというよりも、自然のなかで遊んで、飲んで、冗談をいい、殺したり殺されたりしている。馬、牛、羊、鳥、人間、貝、石、そして夕日と風と水の流れだ。

ある朝、早春か初秋のころ、「わたし」が川岸の柵のところに立っていると、ワイシャツ姿の男が二頭のがっしりした小馬を引いてやってきた。一頭は麦藁の鞍をつけ、もう一頭は花柄の腹帯のついた刺繍入りのキルトをかけていた。ワイシャツ姿の男が、「山に登って高いところから町を眺めに行くんだが、旦那、一緒に行かないか」と誘った。「行ってもいいんですか」と「わたし」は応じて、キルトの馬を選んで背に乗った。町の東と西から馬に乗ったがっしりした男が三人ずつ現れ、総勢八名で、みんな意気揚々と、それぞれ目立つ鞍やキルトや、総べりのついたダマスクのカーテンで飾った馬で進んだ。彼らはみな年は若くなく、息子や娘や妻が自慢の町の商人の御曹司たちだった。こうして人生一度のような爽快なピクニックを高地に登って楽しみ、それぞれに記憶に残る話をした。
カーマイン（深紅色）というニックネームの仲間がこんな話をする。

おれは少年だったことがない。生まれたときから拍車をつけて鞍にまたがっていた。いつも鞍の上から世界を眺めていたから、自分がいつ若者から年寄りになったのかわからんかったよ、いま年寄りだとしてだが。しかし、だれにもわからん――だれだって。だがな、この地上で見下ろしてものを見ると、一瞬にして年を取ってしまうもんだ。ひもじい田舎の広い茶っぽい場所で、黄色い皮膚の男が仰向けに転がっているのを見た。柄の長いナイフで腹から地面まで突き刺されてた。男は藍色の空を睨んでた。見てはいなかった。死んでた。ずっとまえに死んだんだ。おれたちはこの場所で、若いころ、一人の男がナイフで地面に串刺しになっているのを見たんだ。気持よくはなかったが怖くはなかった。男が仰向けに倒れて死んでいるのは怖くはなかった。でもおれは鞍から身を屈めて、てっぺんが上になったままの男の帽子へ腕を伸ばしてつまみ上げた。やわらかいてっぺんを指でつまんで丁寧に拾い上げて、死んだ男の上に身を乗り出して、帽子にスピンをかけてそっと落とすと、うまく男の顔の上に降りて、まぶしい天道から顔を覆った。おれがどうして馬の鞍から降りなかったかと思うだろう。死者を弔う気がなかったわけではない。おれほどたくさんの道を旅してきたものにゃそれなりに死者を弔うやり方があるもんだ。こんな年寄りでねえ若けえころは、そりゃ進んで死者を弔おうとしたさ。神様の思し召しで、地震や嵐で暗い海辺の岩場に洗われている亡骸を何体も運ぼうとしたのだ。死者を背負って手厚く葬るために、筋肉隆々と鍛えておいたもんだ。(82-83)

町と自然のパノラマを眺めながらのこの山上の語りは、「わたし」の記憶に刻まれる情景と言葉で、町の外の旅で遭遇する生と死のドラマを日常のなかに嵌め込んだ。

『古い海岸通り』(三幕)の悪ふざけ

戯曲『古い海岸通り』は、海岸沿いの道路で二人の労務者が作業をする第一幕のあと、第二幕では学生と中年のマイケルが登場し、しばらく話したあと学生が退場すると、アンブローズが登場して、土手を下ってマイケルの隣に座る。悪ふざけ屋のアンブローズとマイケルのやりとりは秀逸で、この短い芝居の中心をなし、「そうなんだ」の死体の話につながって、身体を張った冗談と真実、ブラックユーモアの両面をコメディに仕立てて唖然とさせる。

アンブローズ　やあどら息子、景気はどうだい。どうやら会ったことのねえ顔だが、なんかの息子にはちげえねえな。

マイケル　息子は息子だ。

アンブローズ　ここの連中をどう思うかね。生きのいいねたかと思ってたが、ありゃ、ありていにいって、やつらはねたにもなんねえ生のまんまだ。まったく箸にも棒にもかかんねえ、冗談がわかんねんだ、見ても、やって見せても、ちんぷんかんぷんだ。

マイケル　限界だね。

アンブローズ　限界だと、けっこう、どっちのだ、前方の徒手空拳か、それとも後方の根幹肋骨か。こんかんとはおもしれえや、こんこんかんかんから。

マイケル　ぼくを試してみたらどうだい、連中は無駄だよ。

〔……〕

マイケル　あんたがほくそ笑んだのはとっくの昔だろう。あんたはもう天分を喪くした放浪人のなれの果てさ。

アンブローズ　なんも喪くしちゃいねえさ、みんなおれにくっついて離れねえ、窒息しちまうよ。おれはグランドピアノの脚みてえなもんで、世界を背負って歩いてるのさ。ぎりぎり一杯の野郎でさ。おれはもう限界なんで、自分じゃねえんだ。なんもかも終りだよ。

マイケル　あんたはうぬぼれてるのさ、ただ居場所を間違えてにっちもさっちもいかなくなっちまったんだ。ぐっすり眠ってよおく考えてみたらいい。

（*The Collected Plays of Jack B. Yeats*, 155）

こうして日が傾き、西の隅から鉛色の筋が伸びてくると、悪ふざけ屋のアンブローズは二つねたがあるといってポケットから財布を取り出し、札束を抜き出す。その裏表を見せると、沈む日がわずかにそこを照らす。ポケットからライターを取り出し、何度か失敗して指に火傷しながら札束の隅を指でつまんで焼き、灰を地面に放り投げる。

アンブローズ　さあ、あれがおれの全財産で、全部燃やした。これで全部こっちのもんさ。これがジェスチャーというもんだ、冷やかし野郎の極道息子め。

マイケル　ぼくは冷やかしてなんかいないよ。

アンブローズ　そのとおり。それは取り消す――極道息子でもない。だがあんたはひねくれもんだ。いっとくがね。〔……〕あんたはいうところの変わりもんだと最初に思ったんだが、いまは……

マイケル　変わりもんはあんたの方だ。

アンブローズ　まあおれもようわからん。なんというか、あんたは全部寄せ集めのようなもんだ。おれはただの使い古しの悪ふざけ屋さ。悪ふざけじゃ使い古しだということさ、おれの悪ふざけが使い古しだというわけじゃねえ、おれのいってることわかるか。

マイケル　もちろんさ。いわないうちからわかってる。

アンブローズ　ああ、すっきりした。今燃やした札束は上下二枚だけ、ほかはみんな新聞紙。これからどうするか見てろ。（また財布を取り出してなかからもう一つ、今度は本物の札束を抜いてマイケルの目の前で札を繰って見せる）本物を全部やる。

マイケル　なんでそんなこと。

アンブローズ　すっかりお払いにするんだ。だれにも借りはない。借りを払う金はたっぷり残してある。〔……〕古い友だちにはおれの故郷に落ち着けるようにおれの預金全額小切手で送ってやったから、おれはもうゼロになった。(またライターをいじくる) それであんたと一緒に世界の道を歩くのさ。

マイケル ありがとう。だがあんたみたいな見さかいないやつと一緒に天国への道なんぞ歩きたくないね。

アンブローズ じゃあおれはあんたの後からついていくさ。(話しながら札を燃やし、消えそうになると、煙草の煙を吹くように息を吹きかける) さあこれで裸一貫になったから素手で命かけて闘うぞ。裸で生まれ、裸で死ぬ。これでおれはあんたと同じ、アダム爺の子になったろう。

マイケル いかにも、元気そうだ。

アンブローズ 元気になった、自由になった。

マイケル なんだって。

アンブローズ 自由だ、自由を知らねえのか。もうしがらみもねえ、一本立ちだ。フウテンのトラだ。

鍵を回しかんぬきを上げろ

ボルトとチェーンをはずせ

扉を開けて出してやれ
それでまた錠を下ろせ、したけりゃ。
おれは外に出て一本立ちだ。

マイケル　幸運を祈る、気をつけてお帰り。

アンブローズ　帰るってどこに。

おれはひとり道を行く
石を蹴れば
老い耄(ぼ)れの
骨の上
お陀仏(だぶつ)だ。
大したことだぜ。

マイケル　そんなこと知らなかったのかい、もの燃やすばかりで。

アンブローズ　あんた厳しいね。いや厳しいとはいわんが、残酷だね。いやそれもいう気はなかった。さてと、あんたはこのジョークも見たことないだろう。ま、よかろう、それで一杯やろう。どうだ、いいだろう。

（アンブローズは向こうを向いて胸の内ポケットから携帯用酒瓶を取り出す。右手で栓を抜き、瓶を嗅いで舌つづみを打ち、その栓を酒瓶をもった左手にもち替える。ついでチョッキのポケットから小瓶を取り出し、歯でコルクを抜き、中身を酒瓶に注ぎ、酒瓶をすばやくシェークし、コルクを吐き出し、空の小瓶をチョッキのポケットに戻し、内ポケットの底から銀のカップを取り出し、マイケルの方を向いて酒瓶から注ぎ、身を屈めてカップをマイケルに手渡す）

アンブローズ　幸運を祈って。

マイケル　変な味がするな。

アンブローズ　ツンとくるぜ。

マイケル　そうだな。（もう一口ぐいっと飲みながら。一瞬後カップをもっていた右手を脇に垂らす。催眠性の毒が効き始める）それであんたは悪ふざけをやったわけだな。

アンブローズ　（土手のマイケルの脇に崩れ込みながら、毒が彼の内にも効いてくる）そうだな。いやそうは思わねえ。だがまあどうでなくともやることはやった。だがそれでなんになる。

マイケル　ナムアミダブツといったら怒るかい。

（154-158）

こうしてアンブローズの毒は回り、酒瓶をもった手は脇に垂れ、マイケルの胸に寄りかかり、二人は道路の下の土手に沈み込む。マイケルはぶつぶつ祈りを上げているが、両手を上げることはできない。マイケルの手からカップが落ち、静かに死にながら目を開き、やっとアンブローズを見やると、アンブローズの目は閉じて、死んでいる。

死がこのように冗談や悪ふざけのねたに使われ、それが冗談ではなく本当に冗談や悪ふざけにけりをつける結末となる剽軽（ひょうきん）さは、アイルランドの民話にも民謡にもある。これはアイルランドの土地を放浪する旅人や鋳掛屋の、信仰を求める巡礼ではなく、それを生きる定めと思い、他所の土地と人間を知り、生を無常と諦めるのではなく自立した存在であると覚え、ヒーローとしての自負ではなく、野の草木や動物とともにある自然を生きる。ジェイムズ・ジョイスはそういう存在の孤立を生きるのではなく、円還的時間の世界観を『ユリシーズ』でダブリンの一日の現在に凝縮した。J・イェイツはNoやOnのOの空無に原点を求めて歩いたり座したりしたサミュエル・ベケットに近いところにいる。

泥の絵具

Ｊ・イェイツはアイルランド随一の画家になった。ベケットも若い頃からダブリンのナショナル・ギャラリーに彼の人物画をよく観に行った。ロンドンでは親友のトマス・マグリーヴィに紹介されてしばしばＪ・イェイツの家を訪ね、アトリエで彼の絵を眺め、だれとよりも幸せな会話のときをもち、貧しいのに金を工面して二点買った。ベケットはマグリーヴィ宛の手紙（一九三七年八月十四日）でＪ・イェイツの絵の究極的な質感、一切のものの徹底した無機質について次のように書いている。

イェイツが男と女の頭を並べたり顔を向き合わせたりして描いたものに、ぼくはなにかぞっとするものを感じるのだ。決して混じり合うことのない二つの存在者の恐るべき容認だ。フクシアの生け垣の下に腰掛け、海と雷雲に背を向けて読書している男の絵を覚えているだろう？　彼の絵がどんなに静的であるか、ほかの絵を見ると初めてわかるのだ。喜怒哀楽、会うと別れの常套が突然停止し、化石したようになっているのだ。

（*The Letters of Samuel Beckett Vol. I, 540*）

ベケットがその前に、アイルランドの自然が非人間的なほど無機質で、芝居のセットのようであるのに比せられると言っているのは注目に値する。

一九七一年ダブリンでジャック・B・イェイツ生誕百年記念回顧展が開かれたとき、カタログにベケットの献辞が掲載された。それは一九五四年にパリで開かれた回顧展に際して書かれた文の再録だが、その格調高い散文詩を訳してみる。

ジャック・B・イェイツへの賛辞

類いない情念の滲んだ孤高の芸術、精神の秘底に水源のある、他のどの光にも照らされることのない芸術。

徹底した未知は、国であれなんであれ聖なる遺産への平凡な同化を拒絶する。手が自らに課した目的のためか、自らに迫られるためか、この比類ない揺らぐ手ほどケルトから隔たるものはない。

〔……〕

自らの存在に杭打つ芸術家には出所も身内もない。

解説？　息を呑むかかる直接性の画像(イメージ)を前にして、論評の鎮痛剤を与える機会も時間も、余地もない。画像を観想(ヴィジョン)の彼方へ追い散らすことは無用だ。生あるものの死せるものの幻影(ファントム)、自然と空無(ヴォイド)、有象無象が集まって、ただ一つの証言のためのただ一つの証拠となるこの大いなる内的実存のなかでは無用だ。叶わざるものに打ち震え屈した果ての最終の成就を前にして無用だ。

無(ノー)。

感嘆し頭(こうべ)を垂れるのみ。

サミュエル・ベケット

J・イェイツの卓抜なドローイングは、彼が生きた町、村、海、山、浜の人間と動物たちを描き、船乗りも農民もボクサーもサーカスの道化も鋳掛屋もジョッキーも、みな彼の町の住民であり、彼自身の延長であった。底に流れ、風景と人間を包むのは、日の光というよりも湿地(ボッグ)や湖から流れる水であり、風であり、それをボッグの泥のような絵具でなぞり、押し流す画家のナイフと指の跡は、アイルランドの泥の言語でもあり、ベケットの運筆に通じるものがある。雑誌や新聞で活躍したJ・イェイツのイラストの黒い強い線画を素早く描くペンがその後油彩の絵筆となって、青、赤、黄の原色を塗りながらも、カンヴァスの上では分厚く重なりのたうって、色の泥となる。その物質感は絵画の素材のテラコッタや漆喰、板、麻布よりも水や泥に近く、絵具の沼、ボッグといってもよい。

J・イェイツの絵は渚（なぎさ）というよりもぬかるみの地平で、しかし粘土をこねたような造形ばかりではなく、そのなかの一人、二人の人物の顔の一部の目、鼻、口の表情はリアルに描かれて、その意外さは砂浜で見つけた白い貝殻の精巧な造形を思わせる。

〈回転木馬〉（*The Whirly Horses*, 一九〇三、ドローイング）はサーカスの娯楽を楽しむ大人たちの情景だが、小型カメラの発明以後は写真が得意とする運動と雑踏の光景を、その場のスケッチと記憶による手早い線画に仕上げる技はカメラにも勝っている。J・イェイツは記憶にしても自由に造形、彩色するからである。大勢の群衆のなかの数名の表情はしっかり捉え、木馬も舞台も風のように、水のように旋回する。

〈婦人像〉（*Portrait of a Lady*, 一九二六、油彩・カンヴァス）はJ・イェイツの妻を描いた数少ない肖像画の一枚だ。暖炉の前の肘掛け椅子のクッションを背にして、うつむき加減に座っ

J・B・イェイツ，〈婦人像〉，1926 年，油彩・カンヴァス，24×36 cm

J・B・イェイツ，〈汽車の中で物思う男〉，1927 年，油彩・カンヴァス，18×24 cm

た半袖ワンピース姿の半身像は、絵筆の厚い筋に覆われ、鼻、唇、喉、胸、腕から女の肉が押し出されてくる。しかし前髪の下のゆがんだ眉、二重瞼、結ばれた上唇よりやや突き出た下唇、そして右目の端にかかる数本の濃い睫毛が、女の内面の揺れをデリケートに表して、絵具の荒い筆跡のなかで一瞬静止した表情が、この色彩の嵐にも女の心をとらえて脈打っている。

〈汽車の中で物思う男〉(*Man in a Train Thinking*, 一九二七、油彩・カンヴァス)も、乱れた心中が顔に露出している中年男の像である。蒼白の面の左右の目が上下にずれ、レンズが二重三重にぶれた眼鏡のように錯乱し、口元を小さくつぼめたまま悲嘆にくれて、ジャケットも大コートも耳までボタンを掛けて沈んでいる。生誕百年記念回顧展のカタログによると、J・イェイツはダブリンから西に向かう列車のなかでこの男と向かい合って座り、男の憔悴しきった様子を心配して、「お具合が悪いんですか、なにかしてあげられることはありませんか」と尋ねた。「いいえ、ありがとう。……じつは、カルカッタ競馬の馬券を一ポンドで買ったんですが、それを人に二ポンドで売ったんです。そしたらその馬券が十万ポンドの賞金を当てたんです」と、男が消え入るように話すのを聞いて、J・イェイツが、「やれやれ、そんな目に遭ったらぼくなら喉を切ってしまいますよ」と言うと、「じつはそのとおりにしたんです」と蒼ざめた旅人は呻(うめ)くように言ったと解説してある。

大コートの袖口から、右手の指が四本そろって下を向いているのが見える。客車の天井も壁も窓の外の風景も、心の澱みに沈んでいる。

J・B・イェイツ，〈英雄崇拝者〉，1955-1956 年，油彩・カンヴァス，18×24 cm

〈夜はもはやない〉（*There is No Night*, 一九四九、油彩・カンヴァス）はカタログの解説によると、「ヨハネ黙示録」の「夜は、もはやない。あかりも太陽の光も、いらない。主なる神が彼らを照し、そして、彼らは世々限りなく支配する」（第二十二章・五）からとったものであろうという。妻のコティが一九四七年に亡くなっている。赤い太陽の輪郭が半分、西の雲間から覗いている。嵐のような雲行き、海辺の彼方の中央の丘に大きな屋根の建物が一塊傾いてある。その手前を一頭の白馬が駆け登ってくる。それは黙示録の「またわたしが見ていると、天が開かれ、見よ、そこに白い馬がいた。それに乗っているかたは、〈忠実で真実な者〉と呼ばれ、義によってさばき、また、戦うかたである」（第十九章・十一）を指しているとある。

　丘の中腹に乗馬服を着て横たわっていたひとりの男が身を起こし、海辺から駆け登る白馬を見下ろしている。一面青黒い雲に覆われた空、遠くに山並らしい薄い灰色を掃いた三角の面、下方に白波の立つ入り江、さらに下方の黒と茶の乱れた草と土らしい斜面のなかから起き上がった土くれのような人物、赤い線が首輪になって背後に水平に棚引いているのは、右上の赤い太陽の輪郭に呼応した、地上に燃える火の名残りか。うつむいて夕暮の絵具の斜面を駆け登る白馬の黒い目と鬣は、自分から逃れ行く魂か、それとも天の使いか。

　先の黙示録の引用の後、次のような言葉がある。

　また見ていると、ひとりの御使が太陽の中に立っていた。彼は、中空を飛んでいるすべての鳥にむかって、大声で叫んだ、「さあ、神の大宴会に集まってこい。そして、王たちの肉、将軍の肉、勇者の肉、馬の肉、馬に乗っている者の肉、また、すべての自由人と奴隷との肉、小さき者と大いなる者との肉をくらえ」

（第十九章・十七、十八）

この世、そして天にある生き物の素材はすべて肉であるという。J・イェイツにとってはそれは絵具である。彼の絵はすべて写真のように瞬間の場面をとらえた描画に見えるが、その前後には日常生活や神話の物語があり、描かれた静止画像はその物語の象徴となっているから、時間は前後に連なっている。したがってそれは映画の一齣（こま）というよりもドラマの一場面の一瞬である。場面の進行のなかで時間を考えていたJ・イェイツにとって、馬は人間の時間と生を具現するものであった。馬は貴族であり伴侶、サーカスの道化であり人生の同志である。J・イェイツが亡くなる一年前に描いた〈英雄崇拝者〉（*The Hero Worshipper*, 一九五五―一九五六、油彩・カンヴァス）は、険しい雲が黒い片目で見つめる先で、疲労困憊した馬の伸びた首に両腕でしがみついた男の、天へも駆け上がらんとする必死の形相を描いたものである。

【参考文献】

Hilary Pyle, *The Different World of Jack B. Yeats: His Cartoons and Illustrations*, Dublin: Irish Academic Press, 1994.

Jack B. Yeats, *Sligo*, London: Wishart and Company, 1930.

——, *The Selected Writings of Jack B. Yeats*, ed. Robin Skelton, London: André Deutsch Ltd., 1991.

——, *Ah Well* and *And To You Also*, London: Routledge & Kegan Paul, 1974.

——, *Jack B. Yeats 1871-1957: A Centenary Exhibition*, London: Martin Secker & Warburg Ltd., 1971.

——, *The Collected Plays of Jack B. Yeats*, ed. Robin Skelton, London: Martin Secker & Warburg Ltd., 1971.

John W. Purser, *The Literary Works of Jack B. Yeats,* Gerrards Cross: Colin Smythe, 1991.

Samuel Beckett, *The Letters of Samuel Beckett Vol. 1: 1929-1940*, eds. Martha Dow Fehsenfeld, Lois More Overbeck, Cambridge: Cambridge UP, 2009.

第四章　ワイルドのサロメの接吻とカラヴァッジョ

オスカー・ワイルド（一八五四―一九〇〇）の母方の先祖にはアイルランド人の血筋がある。ダブリンのメリオン・スクエアで生まれたワイルドは晩年、自分はケルトの子孫でアイルランド人だと主張していた。有名な眼科医で貴族の称号を与えられ、考古学の趣味をもっていた父親と、自由な振る舞いで文学と政治に傾倒し、ダブリンの有名人が集うサロンを、年齢を隠すためにカーテンを閉じ、蠟燭の明かりも遠ざけた部屋で主催していたオリエント趣味の母親のもとで育ちながら、英国に対しては反抗心を抱きつつも社会的な成功は求めた。ワイルドは十一歳までは家庭教師のほかは父親に勉強を教わり、母親のサロンでの会話を聴いて世の中や人間について学んだ。その後は兄と一緒にポートラ・ロイヤル・スクールの寄宿学校に入れられた。算術と英作文は不得手だったが古典語に秀で、ギリシア語を発見して、「ギリシア人の生活の古代の美がぼくの上にオーロラのように射してきたとき、真っ白な人間の形が日の当るレスリング場に薄紫の影を落とし、若者と裸身の処女たちの列が、パルテノン神殿の柱上の帯浮彫りのように暗青色の底面を移動するのを見るようだ」とワイルドは語った。(1)

それは十九世紀後半のヨーロッパ、そしてオックスフォード大学の文化風土でもあったが、ワイルドの古代ギリシアへの傾倒は、彼の美意識の一方であるプラトン的美の理想の基を成していたと考えることができる。ポートラ・ロイヤル・スクールではワイルドは物語の名人で、いつも彼を囲む生徒の輪ができていた。

ワイルドの次男、ヴィヴィアン・ホランドは回想記のなかで、自分が成人してある婦人に会ったとき、彼女は少女時代、友だちと一緒に彼の父親からとても魅惑的な物語を聞いて、まっすぐ家に帰り、覚えている限り聞いたとおりに書きつけたと言って、その写しをくれたという話を書いている。(2)それはきちんとした英文で、『サロメ』の源泉となるような内容である。少し長くなるが訳出してみる。

王妃は大理石のテラスに立って、彼女の宮殿をめぐって遠く広がる美しい土地を眺めていた。血の色をした赤い髪が彼女の白い顔の両側にふさふさとしたお下げ髪となって垂れていた。彼女は頭から足まで金糸を織り込んだローブを身にまとい、長い一連のエメラルドを身の周りに巻きつけ、黄昏の光に映えてぎらつくさまは、緑の蛇が戯れているかと見えた。その長い青白い手には宝石が巻きつき、豪華な死人のような姿は偶像と見紛うほどの美しさだった。彼女が深く大きな溜息をついたので、アハブ王は言った。

「何ゆえそなたは溜息をつくのか、麗しい王妃よ。天地になんぞ欠けるものでもあるのか。所望するものでもあるのか。そなたは金で購えるもの、人間が手をかけて作れるものは全て持っておるではないか。もしほかにもそなたの魂が望むものがあるのなら、ここにおるわれが与えて遣わそうぞ。われはシリアの王であるが、そなたの奴隷ではないか」

そこで王妃は答えたが、それはなにもかも満ち足りて飽き飽きし、死ぬほどうんざりした者の、気だるいゆっくりとした口調であった。

「そのとおり、王様、わたしはこの世のありとあるもの、宝石、金、テュロスの古代紫と銀糸織りの衣装、奴隷と踊り子の溢れた大理石の宮殿、これらはみなわたしのもの、ほかに薔薇園と椰子の木と、月夜には妖香の籠るオレンジの園があります」

「そして駱駝は休みなく運ぶ足取りで大砂漠を越え、香料、宝物を積んでわれのために担ってくる。ひとはみなわれの奴隷じゃ。われは優美かつ万能じゃ。そなたといえども、ああ、王様、と言うてわれの前で塵の上に跪き、あなた様はシリア王アハブ、と敬うのだ」

「されどわたしの宮殿の門の前には葡萄園があります。青青とした草に鳩が舞う。でもそれは他所の人のもの。それで溜息をついているのです」

するとアハブは言う。

「ああ、イゼベル、溜息は無用じゃ。まことに草は青青として鳩が舞う葡萄園をそなたに進ぜよう。あれはナボテの畑じゃ。われの旗手、われの腹心の友じゃ。あれは闘いで二度われの命を救ってくれたのじゃ」

そこで王はシリア人、ナボテを呼びにやった。

ナボテはいまや二十の若者になって、王の前に立った姿は堂々として立派だった。

そこで王は言った。

「王妃がそちの葡萄園を所望しておられるのじゃ。われは土地の対価として金と宝石を汝に取らせよう。それとも汝が名指すもの、名誉であれ財宝であれ、何なりと汝に取らせようぞ。王妃はそちの葡萄園を所望しておられるのじゃ」

しかしナボテは言った。

「いえ、王様、手前どもの葡萄園は手前どもの父祖代代から受け継いだ葡萄園でございます。ゆえにそれを手放すことはできませぬ。いえ、地上の全財宝をもってしてもできませぬ」

そこで王妃イゼベルは口を開いたが、夏の宵のそよ風に向けるようにそっと低い声であった。

「その男を困らせることはありませぬ。葡萄園はその男のもの。取り上げてはなりませぬ。そっと引き取らせなさいまし」

そこでアハブは出て行き、ナボテも出て行った。

しかしその日遅く、イゼベルはナボテを呼びにやった。男は彼女の前に立った。そこで彼女は男に言った。

「ここへ来て、わたしの隣のこの象牙と金の王座に座りなさい」

しかしナボテは言った。

「いえ、王妃様、それはできませぬ。象牙と金の王座はシリア王アハブ様のものでござりまする。王様のほかのなにものも王妃様の隣に座ることは許されませぬ」

だがイゼベルは答えた。

「わたしは王妃イゼベルです。ゆえにお前に座ることを命じます」

そこで男は彼女の隣の象牙と金の王座に座った。すると王妃はナボテに言った。

「ここにただ一個の紫水晶（アメシスト）を彫って造った碗がある。これから酒を飲みなさい」

しかしナボテは言った。

「いえ、それはシリア王アハブ様の碗です。王様のほかのなにものもそれから酒を飲むことはできませぬ」

しかし王妃は答えた。

「わたしは王妃イゼベルです。わたしはお前にそれから飲むことを命じます」

そこで男はただ一個の紫水晶（アメシスト）で造った碗から飲んだ。すると王妃はナボテに言った。

「わたしは美しい。この世のだれよりも美しい。わたしに接吻しなさい」

しかしナボテは言った。

「あなた様はシリア王アハブ様のお妃様です。王様のほかのなにものもあなた様に接吻することは許されませぬ」

するとと王妃は言った。

「わたしは王妃イゼベルです。お前はわたしに接吻するのです」

そして彼女は象牙色の両腕を男の首に巻きつけたので、男は逃れることができなかった。

そのとき彼女は大声で叫んで言った。

「アハブ、アハブ」

王は彼女の声を聞きつけ、入ってくると、彼女の唇がナボテの唇に重なり、彼女の象牙色の両腕が男の首に巻きついているのを見た。そして怒りに目がくらんで槍をシリア人ナボテの体に突き刺し、男は死んで大理石の床の自分の血溜りのなかに倒れた。そして腹心の友が王の手で殺され、自分の血溜りのなかに横たわっているのを見て、憤怒は消え、心は悔恨に裂け、魂は苦悩に悶えた。王は泣き叫んだ。

「ああ、ナボテ。われの騎手、われの腹心の友、闘いで二度われの命を救ってくれた。われはほんとうにこの手でお前を殺したのか。この手の血はほんとうにお前の心臓の血なのか。これが己の血で、お前がいまいる場所で己の血のなかに横たわっておれたら」

そうして王の悲哀は王の魂を噛み、王の悲嘆はその場にあふれた。しかし王妃イゼベルはよそよそしくも甘い微笑を浮かべ、夏の宵のそよ風の溜息のように低い声でそっと言った。

「いいえ、王様、あなたの悲嘆は愚かしい。あなたの涙は嘘です。むしろあなたは笑うべきです。青青とした草、鳩の舞う葡萄園はわたしのものになったのですから」（261-264）

この話の凄さはじつにワイルドの『サロメ』に通じるものがある。王妃イゼベルの冷静さ、その揺るぎない計算の実行。モラルの無視。これを革命的な自由の行為と見るか、専横と呼ぶか。旧約聖書にはそれに対する神の裁きがあり、ヘロデ王と王妃ヘロデヤと聖ヨハネとサロメには歴史的な背景と事情があった。ワイルドの同性愛の自由な行動に対しては旧社会の法の裁きがあった。芸術の表現の自由にもつねに政治と法律と道徳との葛藤があった。旧約聖書列王記上の第二十一章にあるイゼベルの話は以下のようである。

悲しみのあまり食事をしないでいるのはアハブの方で、というのもナボテがぶどう畑を譲ってくれないからである。妻のイゼベルは彼に「わたしがエズレルびとナボテのぶどう畑(ばたけ)をあなたにあげます」と言った。彼女はアハブの名で手紙を書いて彼の印を押し、その町の長老たちと身分の貴い人々に送った。手紙には、「断食(だんじき)を布告(ふこく)して、ナボテを民(たみ)のうちの高い所(たかところ)にすわらせ、またふたりのよこしまな者を彼の前にすわらせ、そして彼を訴えて、『あなたは神と王とをのろった』と言わせなさい。こうして彼を引き出し、石で撃ち殺しなさい」と書いてあった。そこで人々はナボテを町の外に引き出し、石で撃ち殺した。そして人々はイゼベルに「ナボテは石で撃ち殺された」と言い送った。するとイゼベルはアハブに、「立って、あのエズレルびとナボテが、あなたに金で譲ることを拒んだぶどう畑を取りなさい」と言った。

ワイルドが語るアハブに対するイゼベルの色仕掛けの奸計は恐ろしい。この冷酷な策略は『ドリアン・グレイの肖像』の、若さと美を追求して恋人も愛する友をも犠牲にする筋書きにも通じるものがある。『サロメ』ではそれは自他の死に至るところまでも追求されており、サロメは予言者ヨカナーンを殺してまでも自己の欲望を実現しようとした。

サロメ

一八九一年、ワイルドはパリで『サロメ』をフランス語で書き、フランス人の友人に手を入れてもらい、翌年ロンドンでサラ・ベルナールをサロメ役にしてリハーサルが始まったが、芝居の上演認可者から、聖書の人物を舞台化するのを禁じる古い法律を盾に取って上演を禁止された。英語版はワイルドとの同性愛者アルフレッド・ダグラスの訳にワイルドが手を加えたものだが、フランス語版がパリで初演されたのは一八九六年、ワイルドがレディングの獄中で、彼にとってもっとも影響力の大きかった母親の死を告げられてから八日後のことであった。スマートで明快な英語の科白に較べると、フランス語版は舞台上での言葉のやりとりというよりもサロンでの朗読のような、大勢の客席よりも一部屋の客人への語りかけの趣きがある。

シリアのヘロデ王は兄のフィリポを囚え、その妻ヘロデヤと結婚した。死から甦った予言者ヨカナーンが、それは正しい結婚ではなく、近親相姦の結婚であるから禍いがもたらされるであろうと予言する。ヘロデ王は地下の雨水溜めでフィリポが死んだ後ヨカナーンを幽閉しているが、その予言を怖れてヨカナーンの首を斬ることができないでいる。ヘロデヤと前夫の間の娘サロメはヨカナーンに惹かれ、「草刈り鎌に一度も触れたことのない野に咲く百合のように白い(3)」体に魅せられる一方で、「蝮(まむし)の這ったあとの壁そっくり、さそりが巣を作ったあとの壁そっくり、おぞましいものを詰め込んだ(4)」肌は忌まわしいと言う。一方で「象牙の塔の深紅の帯そっくり、象牙のナイフできりさいた柘榴(ざくろ)そっくり(5)」の赤い唇に口づけしたいと焦がれる。ヨカナーンに呪われ、不吉な運命を予言されているヘロデ王は饗宴の最中ながら浮かぬ顔をして、サロメにダンスを懇望する。傍で王妃は牽制するが、ヘロデ王は望むものは何でも与えるからと懇願し、サロメはついに肌をむき出し、裸足で「七つのヴェール」のダンスを妖艶に踊り、ヘロデ王は官能の極限にまで追い上げられる。サロメは踊り終えたあと、ヘロデ王にヨカナーンの首を所望し、驚愕した王はあらゆる財宝、地位、ついには王国の半分を与えるとまで言うが、サロメは断固として、約束通り自分の欲しいもの、ヨカナーンの首を要求する。王は恐怖のあまり拒否して、必死でなだめようとするがサロメはきっぱりと拒絶し、王が誓ったとおりサロメ自身が欲しいものをくれるように要求する。ついに王は兵士に命じてヨカナーンの首を斬らせ、銀の大皿に載せて運ばせ、サロメは皿を持って首から血を滴らせる予言者の赤い唇に接吻する。恐怖に襲われた王は兵士に命じてサロメの首を斬らせる。

サロメが予言者ヨカナーンの首を斬り取らせ、その唇に接吻する行為については、ワイルドのナルシシズム、同性愛、あるいは幼くして死んだ妹イゾラへの近親相姦的な愛の成就とか、いろいろな解釈がなされてきたが、その断固たる意志と実行の姿には、当時の政治体制とモラルに対する自由なアイルランド人としてのワイルドの反抗と、美を追求する世紀末の精神とが重なっている。それは銀の皿に映る血まみれの自分の顔を掬い上げて一体となる像である。

パスカル・アクィアンはこう述べる。

『サロメ』におけるワイルドの美学の本質は、確かに言葉とリズムのナルシシスティックな嗜好に求められる。ワイルドは言葉を愛するだけでは飽き足らず、話しながらそれを美味な料理のように味わった。したがって、ここで問題となるのは真の身体的な快楽、そのリズムと響き具合、さらにまるで言葉は手に触れるものであってただの紙とインクではないかのように、絶えずその官能的な性質を明確にする、その魔術的な効果をもった「テクストの快楽」[6]である。ワイルドが『サロメ』のなかで、また「レディング牢獄の唄」のなかで〈音楽的な美しいもの〉と書いたように、テクストは心臓やメロディーのリズムについて言うようにたしかに鼓動している。[7]

（引用者訳）

このテクストの鼓動は子音で浮揚するメロディーの英語よりも、執拗な母音の反復で語り続けるフランス語の方が身体的、生理的である。サロメは地下の雨水溜めに幽閉されているヨカナーンを見たいと言い、それを引き止めたり拒否したりするシリア人の兵士はどこまでも強要するサロメについに屈して、墓のような暗い穴の底にいるヨカナーンをサロメに見せる。「わたしはそなたの体にほれた。そなたの体に触れさせておくれ」とサロメは言う。汚い髪に怖気を震わせながら赤い唇に焦がれ、月も星もない夜のように黒い髪に触らせておくれという。

Tes cheveux sont horribles. Ils sont couverts de boue et de poussière. On dirait une couronne d'épines qu'on a placée sur ton front. On dirait un nœud de serpents noirs qui se tortillent autour de ton cou. Je n'aime pas tes cheveux... C'est de ta bouche que je suis amoureuse, Iokanaan. Ta bouche est comme une band d'écarlate sur une tour d'ivoire. Elle est comme une pomme de grenade coupée par un couteau d'ivoire. Les fleurs de grenade qui fleurissent dans les jardins de Tyr et sont plus rouges que les roses, ne sont pas aussi rouges.(8)

（下線引用者）

そなたの髪はすさまじい。泥や塵にまみれている。そなたの頭上にいただく荊棘（いばら）の冠そっくり。そなたの首のまわりにとぐろを巻いている黒い蛇の絡みそっくり。そなたの髪は嫌いだ。わたしが欲しいのはそなたの口。ヨカナーン。そなたの口は象牙の塔の真紅の帯そっくり。象牙のナイフで切り裂いた柘榴そっくり。ツロの園に咲いて薔薇よりも赤い柘榴の花も、それほどに赤くはない。(9)

口（bouche）をつぼめて泥（boue）、塵（poussière）と唇の間からヨカナーンのおぞましい髪に息を吹き付けながら、その赤い口が欲しいと言い、象牙のナイフ（couteau）で赤い柘榴を切り裂いた（coupée）。赤い（rouges）唇は薔薇（roses）と血の色であり、ヨカナーンの首を斬る勝利（rose）とサロメ自身の首（cou）も斬られる（couper）ことになる愛の一体を予見している。口を拡げた英語の mouth よりも、フランス語の bouche は唇を細めて息を吹き出す。o の繰り返しよりも ou の連続は音をすぼめて唸る。薔薇の蔭には聖と悪、生と死が折り重なっている。

戯曲では七つのヴェールのダンスは見えないが、踊り終えたサロメはヘロデ王が何なりと欲しいものを進呈すると誓ったとおり、「ヨカナーンの首を下さい」と七度訴えるところがこのドラマのクライマックスである。これほど強い意志と愛を訴える科白はほかにない。ヘロデ王がその代替として必死に提案するいかなる美と地位と土地の名も「ヨカナーンの首」の前では色褪せ、このドラマの中天にかかった月を雲が隠すように、その輝きを掻き消してしまう。それは神への挑戦、黒い美への愛であり、相手とともに闇へ失墜する自己主張である。サロメはヨカナーンに、その斬られた首にまでも、「そなたの口に接吻する」と五度繰り返す。自己主張の実現にはこのドラマの成功が懸かっている。それを自己愛というならば、その自己とは何か。死のなかの愛、死にいたる愛とは色、香、手触り、口づけの味のすべてを葬り、そこに言葉から浮かぶイメージだけが漂う闇である。

しかしその暗闇は無ではなく、神ではない見えないもの、メーテルリンク（一八六二―一九四九）のように運命でも、「愛」の真実の意味でもなく、むしろそれは見ること、見つめることの先の、美も音楽も消えて終ったところに浮かぶ、無貌の自己ではないか。死ではなく封印された過去、充たされた欲望の夢の陽画が反転した陰画の現在である。

『ペレアスとメリザンド』（*Pelléas et Mélisande*, 1892）の第四幕四場でペレアスとメリザンドが夜遅く庭園の噴水のある池のそばで逢い引きしたとき、城のなかで互いにずっと心を寄せ合っていた二人はついに初めて、そして最後に、暗い木陰で抱き合って接吻し、ともに愛を告白する。ペレアスが「あなたの息が聞こえない」と言うと、メリザンドは「あなたを見ているから」と言い、ペレアスが「なぜそんなにじっとわたしを見ているの」と言った後、木陰から明るいところへ出て幸せな二人の姿を見ようと言うが、メリザンドは暗い木陰がいいと言う。ペレアスが樹の下の暗がりで、「あなたはよそを見ている」と言うと、メリザンドは「あなたはよそに見えている」と言う。メリザンドはペレアスと抱擁し接吻した後、その場所の現在から遠ざかり始めている。月明りの生から暗闇の死の世界へ移り始めている、あるいは戻り始めている。二人がまなざしを交わしているわずかな間、二人は現に在（あ）る。まなざしが外れると、二人は現世から外れ、月は雲に隠れ、星は落ち、それぞれに虚空を舞って水に沈み始める。まなざしは自分の発言力であり、相手を内部から照らす灯火である。

『サロメ』の最終場面でサロメは銀の大皿に載せられたヨカナーンの首を見つめ、その白い体と黒い髪と赤い口を讃え、その声は不思議な香りを漂わせ、見つめていると妙なる楽の音が聞こえてくると言いながら、ヨカナーンはなぜサロメを見ないのか、自分の欲情は葡萄酒も果実も大河の水も癒すことはできず、ヨカナーンが自分を見つめてくれさえしたら、わたしを愛してくれたろうものをと、いまは閉じた目にむかって訴え、ついにその唇に口づけし、その苦い血を味わい、それが愛の味であると思う。目を閉じたヨカナーンは神を見たが、サロメは見なかった。見ること、まなざしを交換することは愛すること、相手の存在を認めることであるが、見ないことは相手を認めないことである。サロメはヨカナーンの首を手に入れ、その唇に接吻するが、欲望の対象の美を死のなかでしか得られず、それは死の味がした。死は美であるのか。目のない死は美の幻想でしかない。しかし美は頭のなかにあって、見える所、触れる物にはないと言えるであろう。神は見えない所にあり、見えたときは仮面である。

ドリアン・グレイ

小説『ドリアン・グレイの肖像』の主人公ドリアンはサロメと重なって見える。ドリアンは画家バジル・ホールワードに若く理想的な美の肖像画を描いてもらい、屋敷の最上階の部屋に布を掛けて仕舞っておく。ドリアンはその後、恋人の女性オペラ歌手シビル・ヴェーンを自らの美の理想に反する演技をしたと言って自殺に追いやったり、同性愛に耽ったり、シビルの自殺の復讐を狙う弟のジェイムズ・ヴェーンは猟場の茂みに潜んでドリアンの暗殺を企んでいたところを、はからずも猟仲間の誤射で殺されてしまったりして、世俗の罪と悪にまみれていくにつれ、その美しかった肖像画は秘かに崩れ、醜くなっていく。

ある夜、これからしばらくパリに行くというバジルに偶然通りで会い、家に招いて最上階の肖像画の部屋に導く。布を外すと、美しかった肖像画は見るも無惨な醜悪さを露にする。ドリアンは自分の不道徳を告発するバジルを怒ってナイフで刺し殺す。座ったまま机に伏したバジルの首から赤い血が床に滴り落ちる。その死体の痕跡を残さぬよう、同性愛の秘密を暴露すると友人の化学者を脅迫して化学的処理を実行させ、その男は後にピストル自殺に追い込まれる。

秘密の肖像画の部屋で、ドリアンはバジルを殺したナイフが光っているのを見る。「こいつが画家を殺したように、画家の作品と、その意味するものすべてを殺してしまうのだ。それは過去を殺してしまうだろう、そして過去が死んだとき自分は自由になれるのだ。こいつはあの奇怪な魂の命の息の根をとめるだろう、そして、魂の忌わしい警告がなくなれば、自分は心安らかになるだろう。かれはナイフを握りしめて、絵を突き刺した(10)」。悲鳴が聞こえ、凄まじい音がした。その後使用人たちが屋根からバルコニーに飛び降りて、明りのついた部屋の窓からなかに入ると、「最後に見たときのままの主人のすばらしい肖像が、えもいえぬ青春と美貌のあらゆる驚異に輝きつつ、壁にかかっていた。床には心臓にナイフを突き立てた夜会服姿の死人が倒れていた。しなびて、皺だらけで、見るも醜悪な容貌をしていた。指輪を調べて初めて三人はその男の誰であるかを知った(11)」。

ドリアンにとって自分の若き美貌の肖像画は古びることはあっても年はとらないはずのものだが、彼の魂の堕落とともに醜悪に崩れていき、魂がそれを宿す肉体とともに死滅した瞬間、もとの理想美は回復するという筋書きである。モデルになった人間は老いて死んでいくが、あとに残された肖像画は色艶を失わず、ドリアンの「良心の目に見える象徴」(一三〇)となる。良心の鏡というふうにただ良心を映すのではなく、絵は半ば独立して、半主体を持った他者と

ギュスターヴ・モロー，〈出現〉，1876 年頃，油彩・カンヴァス，64×46.3 cm，ギュスターヴ・モロー美術館

フランシス・ベーコン，〈走る犬のための習作〉，1954 年，油彩・カンヴァス，152.7×116.7 cm，ワシントン・ナショナル・ギャラリー

フランシス・ベーコン，〈砂丘〉，1983 年，油彩・パステル・カンヴァス，198×147.5 cm，リッヒェン／バーゼル，バイエラー財団

カラヴァッジョ，〈洗礼者ヨハネの斬首〉，1608 年，油彩・カンヴァス，
361×520 cm，ヴァレッタ，サン・ジョヴァンニ大聖堂

してこちらを見つめるのである。鏡に映るわたしは他者が主体をもってわたしを見ているわけではない。鏡を見ているわたしの目を反映しているに過ぎない。ドリアンの肖像画は神の裁く目でドリアンを見つめているわけではない。善と悪、美と醜を併せ持つドリアンの内部の同性の分身が外に具体化したもので、外からドリアンを見たり語ったりする。鏡が反映するのではなく、半ば主体を分有している。ただ見ているのではなく、残忍な微笑を浮かべている。相手の方こそ本心であり、こちらは祈れと言われると反発し、美の誘惑に抵抗しよう、官能に魂の癒しを求める（三三）のを止めようと思うと絵は冷笑する。

ドリアンに官能的な美の崇拝を吹き込んだヘンリー・ウォットン卿以外の主要人物が、恋人も画家も、主人公までも死んでいった後、その輝くばかりの青春の美貌を発散する肖像画だけが存続する。それはドリアンの仮面か。だれも見ていないし、見る者もいない。モデルは不在であり、不在であることによってその肖像画は自立し、存在を確立する。この小説の主体が主人公から絵画に移ったので、それはドリアンの理想とするところであったろう。『ドリアン・グレイの肖像』には絵のほかに死体はあるが、身体はない。

ギュスターヴ・モローのサロメ

『サロメ』は、すでに不滅の生命を得ているギュスターヴ・モロー（一八二六―一八九九）の絵〈出現〉（*L'Apparition*, 1876）から生まれた。旧約聖書の不滅の詩行よりも世紀末の象徴派の絵画が源泉なのである。サロメの宝石のような画像には、どんな宝石の色香、光彩も到達することのできない官能の妖しさがある。それは詩の言葉を超えている。『サロメ』がモローの絵を超えるとすれば、それは舞台女優の肉体と声と踊りの演技による。言葉は口から発声され、音楽に接して歌となる。音楽は舞踏も科白も絵も超える運動である。言葉は口から発するまえに頭のなかに生まれる。神の予言者であるヨカナーンは聖なる言葉の代理人であり、その頭は言葉の肉である。その口に口づけしたいというサロメの欲望は愛の接吻を求めるのではなく、ヨカナーンの聖なる言葉を口移しに受け、わが身に受肉したいと思ったのである。それが叶わなくて、サロメは生きた言葉ではなくその死んだ身体、言葉の肉の器を求めた。聖ヨハネの斬首の絵はカラヴァッジョを初めとして、西洋の絵画ではキリストの磔刑像についで、あるいはそれ以上に生なましく、言葉の肉とその死を問いかける絵であろう。

『ペレアスとメリザンド』の第五幕の最後の場で、ゴローは死の床にいるメリザンドに向かって、ペレアスとの愛の真実を言えと、vérité（真実）の語を五度繰り返す。その意味がわからない無邪気なメリザンドの魂を言葉の槍で五度、激しく突く。問われた愛の真実がわからず、メリザンドは厳しい言葉で問い詰められて死ぬ。愛は言葉の意味ではなく、それを問い詰められたらそこにはなにもなく、魂は壊れるしかないことを表している。

サロメはヨカナーンの「首を」、「首を」と九度叫ぶ。それはこの劇でもっとも痛切な、魂を刺す科白である。その強い反復は前後の長いヘロデ王の科白を切り捨て、死の扉を叩く。もはやヨカナーンに言葉はなく、空になった口にサロメは口づけするが、サロメの唇が触れた口は苦い血の味がする。

……そして毒をはく赤い蛇のようだったそなたの舌、その舌も動かない。いまはもう何もいわないのね、ヨカナーン、あたしに毒をはきかけたあの蝮も。おかしくはない？　この赤い蝮がもはや動かないとは？……　（一五八）

舌（langue）には言語の意味があるが、サロメを悪罵した舌は蝮で、動かない。言葉はヨカナーンの首のなかで黙したのである。サロメはヨカナーンの「銀の台座に据えた象牙の円柱」のような白い体と黒い髪と赤い口を賛美し、その声は「妖しい香りを放つ香炉、そなたを見ると甘美な楽の音（ね）が聞こえてきた！」（同）と讃える。サロメにとって魂の通じ合いには口づけよりも見詰め合うことが大事である。ヨカナーンが自分を見てくれれば愛しただろうと思っている。見ずして吐く言葉はサロメを売女、淫婦呼ばわりする悪罵である。まなざしを交わすとき、サロメはヨカナーンと愛を結び、愛の言葉、その美をわが物にする保証を得られると思っていたのであろう。純潔な処女性を奪われたと思うサロメにとって、目を開かないヨカナーンの首は犬にでも鳥にでも喰わせてやれる屑でしかない。

　サロメはワイルドであると見ることはよしとして、死を賭して対峙するヨカナーンは美の偶像でありながら、一方で誹謗を振りまく蛇、蝮の舌のヨカナーンはワイルドがイギリスで闘った社会の因襲と法でもあったはずだ。裸身で王と抗うサロメの絶望はまさにワイルドのそれである。しかし死に裏打ちされた美はワイルドの美学の理想であり、ワイルド自身の姿であるとも見えるであろう。銀の皿から血を滴らせるヨカナーンの首は、ワイルドの至上の美の、言語（舌）と肉体がキリストの生とは反対に、死を介して合体した偶像であろう。神の言葉がキリストの誕生によって受肉する聖母子像と対比して、それは悪魔的な異端の図像である。

カラヴァッジョは聖ヨハネの首から流れた血で牢獄の石床に署名した。そのとき、床に首を圧えつけられたままの聖ヨハネの眼は開いていた。カラヴァッジョはその眼と眼を交わしたが、ワイルドは眼を閉じたヨカナーンでもある。ワイルドのなかにサロメとヨカナーンが棲まわっていたというよりも、ドリアン・グレイと肖像画がワイルドのなかから、あるいはその表面から分かれて作られたように、ワイルドのなかからサロメとヨカナーンが分身として登場したと見る方がよい。ヨカナーンの外貌は美しいが、その口から吐かれる言葉は呪いと予言の入り混じったもので、その口をサロメに吸わせるのは、ワイルドの文学の言語が死して肉体に結ばれる姿であろう。

メリッサ・ノックスはその『サロメ』論で、執拗に誘惑するサロメと、その誘う娘に接吻するよりは暗く汚い地下牢の孤独を好むヨカナーンとの間の対話は、まぎれもなくワイルドの性的な好みを示していると言っている（29-30, 九三—九四）。

W・B・イェイツは自叙伝のなかで、彼がワイルド家のクリスマスの晩餐会に招ばれたとき、ワイルドが、「われわれアイルランド人は詩的すぎるので詩人にはなれないのです。われわれは見事な失敗の民ですが、われわれはギリシア人以来のもっとも偉大な話し手です[12]」と言って、晩餐会の後、ワイルドが「嘘の衰退」（"The Decay of Lying"）の校正刷りを朗読してくれたとき、「近代の思想の特徴たるペシミズムを分析したのはショーペンハウアーだが、それを考案したのはハムレットです。ひとつのあやつり人形がひとたび憂鬱になったからこそ世界は悲しいものとなったのです[13]」と話したと書いている。そのあとワイルドに求められてイェイツが長いアイルランドの物語を話すと、その語り口をワイルドはホメーロスに比べたという。ジョイスはホメーロスに対抗して現代の一日のダブリン物語を歌うように書いた。ベケットはつねに物語を語ることが生きることだと言いながら語ることができず、それを否定し、なおも物語を求め、頭脳のなかに聞こえてくる言葉をそのイメージとともに書き留めた。その組み立てと破壊が彼の『さいあくじょうどへほい』(*Worstward Ho*, 1989) である。

カラヴァッジョの洗礼者ヨハネの斬首

マルタ島のハニー色のマルタストーンを積み上げた、宮殿とも見紛う城塞都市ヴァレッタの中心にある聖ヨハネ大聖堂は、カラヴァッジョ(一五七一――一六一〇)がローマで人を殺して逃れ、シチリアに滞在中、聖ヨハネ騎士団長の依頼で一六〇八年に描いた、カラヴァッジョ最大(361 × 520 cm)最高の作品と言われる〈洗礼者ヨハネの斬首〉で有名である。それは大聖堂右手の祈禱室（オラトリオ）に設置された祭壇画で、部屋の正面の壁を左右一杯に占める大きさと、前面の床に頭を圧しつけられているヨハネの首から流れる血の鮮烈さに目を奪われる。右手を腰の小刀に掛けている処刑人、看守、両手で顔を覆わんばかりの老女、銅の鉢を持って身を屈めるサロメ。画面の左半分を占めるそれらの一団が絵の主題であり、右半分は牢の石壁で、奥の暗い窓から鉄格子越しに二人の囚人が左方の出来事を注視し、その顔にも光が当たり、窓の右側には二本のロープが垂れ、下方の壁に取り付けた大きな鉄輪に通されている。

これは一見して視線を描いた絵であると思われる。観者の目が犠牲者の首から床に流れる血に注がれるのは当然だが、その凄惨な光景を身を屈めて見守る二人の囚人の顔が画面右半分の石壁に覗き、左右の距離空間には聖書の物語や、ヨハネ騎士団のキリストの栄光を守るための血の償いという寓意以上に、囚人と、自身もお尋ね者である画家の目前に迫る死を見つめる恐怖感が張り詰めていると感じられる。

観者は祈禱室の祭壇画というよりは「カラヴァッジョ美術館」の大油彩画一点の処刑の図像に目を釘づけにされる。ピカソが感動して〈ゲルニカ〉を制作する契機となったといわれ、ベケットはその前で一時間立ち尽くし、それに触発されて舞台作品『わたしじゃない』（*Not I*, 1973）を書いたという。これほど身に迫る処刑現場の絵を聖堂の祭壇画にして祈りの対象とする、カトリックの人間臭いドラマ性に感嘆するのだ。人間の劇的行動と、その絵画的というよりは映画的アクションのリアルな描出が、どれほど近代劇の演出に貢献したであろうか。それは聖人の祭壇画を拝むというよりも、舞台の役者の演技を観る臨場感で、観者の視界にはワイドスクリーンで迫るが、その不動の空間の隅々まで人物たちと画家の無言の視線が行き届いて、情念を籠らせている。観者の注視は鉄格子の奥から処刑を見つめる死刑囚かもしれない二人の囚人の凝視にはとうてい及ばない。濃い絵具の石壁には囚人の恐怖の念が籠っている。その食い入る視線は処刑人の小刀よりも鋭くヨハネの首に刺し込み、首を切り離した。カラヴァッジョの視線はふつうは観者と同じ下方から仰いで主題に注がれ、さまざまな葛藤を秘めた自画像と見える、ダヴィデが左手に下げて持つゴリアテの頭部に極まるものが描かれるが、ここでは主題を正面から見ると同時に斜め背後からも見つめ、二つの視線の交叉点に主題を置くことによって、それまでのカラヴァッジョの絵画空間よりも前後から出会う劇空間とし、観者を舞台に参加させる。カラヴァッジョは聖ヨハネとなって首を斬られ、首から流れ出た鮮血で初めて石床に自分の名を記した。

それまでは天井や高窓から射し込む光は神を顕わし、金糸や天使で表現されたりしたが、ここでは地上の囚人の怯える視線の暗い光を背後から射し向けた。サルトルは「他者のまなざし」が主体を他者化することを論じたが、ここでは他者のまなざしに仮託したカラヴァッジョのまなざしが、その対象のヨハネを彼自身のイメージと重ねることによって、自他のまなざしは観者の眼を介して循環し、自＝他空間を構成して舞台の前後を転換し、観者も絵の前で回転する。私は画像の手前にも、斬首されたヨハネにも、鉄格子のなかの囚人にもいる。このような視線の転位・交換によって、絵画と観者が対面する静止空間ではなく、二つあるいは三つの遠近法が交叉する視線の運動空間を演出している。複数のヴィジョンが交叉、交換することによって、観者を視線（ヴィジョン）の運動に参加させる。ヨハネの周りの沈黙の空間と、それを背後から射る視線の強列さが、主題を見詰める画家のまなざしを顕在化させ、斬首されたヨハネの無念よりも、それを包む空（くう）にカラヴァッジョの念が籠っているのを感じるのである。右奥の二人の囚人の顔にスポットを当てると、観者の両眼は左右に分かれ、その間の暗い石壁は空で、囚人の視線も観者の眼も、時間の止った空間で念を結ぶ。これがカラヴァッジョの描く、神の啓示ではない人間の生と死の接する面である。

ジュリア・クリステヴァは精神分析的論及から、カラヴァッジョの生なましい肉体の大胆な画像について、しばしば解釈されるエロティシズムにも通じる斬首の表象論をこう述べている。

斬首の表象は、来るべきユマニスムの時代において、エロティシズムを帯びるようになるからである。それらの作品は、死の礼賛のうちに衰えてゆくというより、性の快楽に打ち震えている。供儀が引きおこす激しい恐怖は、誘惑と共存しており、去勢が問題となっていることをほのめかしながら、自らを汚してゆくのだ。そこには、画家と観客が短刀と傷口の役割を交互に演じる、冒瀆的な倒錯がある。（一四二）

一方的に神の言葉を語るキリストの磔刑像の傷口とは違い、俗人の観者の視線と、それが開く神なき傷口との相互作用はエロチックで冒瀆的で、それは眼と眼、あるいはその他の傷口、ことばとそれが開く眼、あるいはことばを吐く口とそれを聞く耳との相互作用と同じく、男女とはかぎらぬ人間と人間との接触で、人間の主体的存在と他者との関係を露にするものである。ルネサンスに開眼した人間中心の視点が、聖書物語を装いながら人間同士のドラマへと発展し、やがて近代劇や絵画が生まれるもとになる様子が見てとれるのである。

開いた口と傷口の相似性について、クリステヴァはメドゥーサの頭を取り上げてこう述べる。

あの古代の未分化状態を保持している原初の母として、メドゥーサは嫌忌すべきもの（アブジェクト）なのだ。その上、欲情をそそられた女として、メドゥーサは呪いによって男根以上の力をあたえられた陰部を人前にさらす。一見したところ去勢された女性ではあるが、まだ暴君として力をふるっているために、幻想の中では、メドゥーサはいまだ去勢されるべき存在なのだ。つまり「彼女」は幾分かは「彼」なのであり、幾分という以上に「彼」でさえあるのだ。彼女には、男性性のおそるべき側面、去勢と死が引きおこす激しい恐怖と不可分の、男根の生命力が呼びおこすあの恐ろしさがある。（四七―四九）

ヨハネの口はわずかに開いている。あるいは開きかけているように見える。ベケット学者のアンジェラ・ムーアジャニは、この絵のなかで唯一ヨハネの口が開いており、それとメドゥーサの開いた口がベケットの『わたしじゃない』になったのだと語った（早稲田大学での論評、二〇〇八）。舞台から八フィートの高さにぼんやり浮かぶ、大きく開いた女の赤い唇から見える白い歯と肉色の舌を女性性器に喩える人は多いが、メドゥーサの口と重ねて見れば当然のことである。ヨハネがこのとき何を言おうとしてこと切れたかはべつとして、ベケットの舞台の「口」だけになった老女は三十分ほどの間に、神に見棄てられた穴から愛もなしにこの世に出てきてこの方、七十になるまで生き延びて、一体何をしてきたのか、「四月の朝……野原に戻って……草にうつぶし……ひばりばかりが……」と、なんども同じことばの連鎖を流す。穴から生まれて七十歳になった口が、その間にあったことを数行で語ろうとして、三百行ほどをとぎれとぎれに語り続ける。ヨハネの口は動かないが、カラヴァッジョの筆によって牢獄の中庭の隅ずみまでもことばが充満し、ただ赤い血が無言のままに石床に流れてカラヴァッジョの名を綴っている。われはカラヴァッジョ、と言っているかのようだ。ベケットの「口」から流れ出ることばは、自分が神に見棄てられた穴から出てこの方、三十分の間になにを喋ったのか、それはなんであったのかと自問しているかのようである。そのことばは舞台の対角線上の薄暗がりに立つ、アラビア風のゆるやかなフード付き長衣を着た性別不明の聴き手の耳に届き、四度両腕を上げるだけのわずかな反応を引き起こすが、これはベケットの作品の多くに見られる、頭のなかの記憶や想念を聴き取り、そのことばを書き付けるという創作のプロセスを劇化し、観客の眼と耳に注ぐ見えないことばを、肉の口から反復するサイクルとして、舞台の上で実演させて見せたものである。黒子の聴き手は本の読者を表わしているとも言える。

見えないことばと無言の視線の交換はことばの交換よりも直接的で、無言のまなざしは眼だけでなく全身に届き、まなざしの返答を要求する。

ジャック・デリダはまなざしと見ることの違いを、その間に闇を挿入して述べる。

私たちの眼が何らかの見えるものよりもむしろ何らかの見る者を見ているのだとすれば、私たちの眼が眼よりはむしろ眼差しを見ていると思っているのだとすれば、少なくともその限りで、まさにその限りで、私たちの眼は何も見ておらず、したがって何も見られているものを、何も見えるものを見ていない。私たちの眼は、あらゆる可視性から離れて、闇に沈む。私たちの眼は、眼差しを見るために盲目になり、他者の眼差しに、その見るだけの視線に、その視覚にだけ向かおうとして、他者の眼の可能性を見ることを避けるのである。（12, 一四―一五）

サロメは見えるヨカナーンの首を間近に見て、両手に取ることはできたが、神を視ていたヨカナーンのまなざしを自分に向け、自分のものにすることはできなかった。その開いた口に口づけはしたが、それが発することばを口移しに受け取ることはできなかった。死んだ聖なることば＝舌の根は、愛の証しどころか、毒を含んだ蝮でしかなかった。生きたまなざしと真実のことばの実（み）を物と化しても手に入れようとしたとき、物と化したまなざしとことばはそれを見詰める人、聴く人を同じ次元の物として要求し、聖なるまなざしとことばの肉を手に入れたという幻想は、その人の肉の死に至る。

[注]

（1） Léon Lemonnier, *La vie d'Oscar Wilde*, Paris: Editions de la Nouvelle Revue Critique, 1931, 22.
（2） Vivian Holland, *Son of Oscar Wilde*, London: Rupert Hart-Davis, 1954, 54.
（3） Oscar Wilde, *Oscar Wilde: Selected works with 12 unpublished letters*, ed. Richard Aldington, London: William Heinemann Ltd., 1946, 298. 西村孝次訳『オスカー・ワイルド全集3』青土社、一九八八年、一一八頁。
（4） Ibid. 同、一一九頁。
（5） Ibid. 同右。
（6） Roland Barthes, *Le plaisir du texte*, Psris: Seuil, 1973. ロラン・バルト『テクストの快楽』沢崎浩平訳、みすず書房、一九八六。「テクストの快楽、それは私の肉体がそれ自身の考えに従おうとする瞬間だ――私の肉体は私と同じ考えを持っていないから」（三二）。
（7） Oscar Wilde, *Salomé*, Présentation par Pascal Aquien, Paris: Flammarion, 1993, 24.
（8） Ibid. 85.
（9） 西村孝次訳、一一九頁。
（10） Op. cit. 314. 西村孝次訳『オスカー・ワイルド全集1』三〇三頁。
（11） Ibid. 同、三〇四頁。

（12）　W. B. Yeats, *Autobiographies*, London: Macmillan, 1955, 1979, 135.

（13）　Ibid.

［参考文献］

Oscar Wilde, *The Poemes of Oscar Wilde*, Boston: John W. Luce and Company, 1909.

——, *The Letters of Oscar Wilde*, ed. Rupert Hart-Davis, London: Rupart-Davis Ltd., 1962.

——, *The Complete Letters of Oscar Wilde*, eds. Merlin Holland and Rupert Hart-Davis, London: Henry Holt and Company, 2000.

Lord Alfred Douglas, *Oscar Wilde and Myself*, London: John Long Ltd., 1914.

——, *Oscar Wilde: A Summing-up*, London: The Richards Press, 1961.

Hartford Montgomery Hyde, *Oscar Wilde, a biography*, New York: Da Capo Press, 1975.

Peter Rady, ed., *The Cambridge Companion to Oscar Wilde*, Cambridge: Cambridge UP, 1997.

Karl Beckson, *The Oscar Wilde Encyclopedia*, New York: AMS Press, 1998.

Richard Ellmann, *Oscar Wilde*, London: Penguin Books, 1988.

Melissa Knox, *Oscar Wilde: A Long and Lovely Suicide*, New Haven and London: Yale UP, 1994.（メリッサ・ノックス『オスカー・ワイルド――長くて、美しい自殺』玉井暲訳、青土社、二〇〇一）

Julia Prewitt Brown, *Cosmopolitan Criticism: Oscar Wilde's Philosophy of Art*, Charlottesville and London: UP of Virginia, 1997.

Jerusha McCormack, ed., *Wilde the Irishman*, New Haven and London: Yale UP, 1998.

J.-K. Huysmans, *À rebours*, Paris: Gallimard, 1977.

Materlinck, *Pelléas et Mélisande: Les aveugles L'Intruse Intérieur*, ed. Leighton Hodson, Bristol Classical Press, 1999.

『オスカー・ワイルド全集1〜6』西村孝次訳、青土社、一九八八。

井村君江『「サロメ」の変容——翻訳・舞台』新書館、一九九〇。

工藤庸子『サロメ誕生——フローベール／ワイルド』新書館、二〇〇一。

Julia Kristeva, *Visions Capitales*, Paris: Editions des musées nationaux, 1998.（ジュリア・クリステヴァ『斬首の光景』星埜守之・塚本昌則訳、みすず書房、二〇〇五）

Jacques Derrida, *Le toucher, Jean-Luc Nancy*, Paris: Galilée, 2000.（ジャック・デリダ『触覚、——ジャン＝リュック・ナンシーに触れる』松葉祥一・榊原達哉・加國尚志訳、青土社、二〇〇六）

第五章

「ベアの皺婆」とジョイスの『フィネガンズ・ウェイク』

一九八三年の夏、アイルランド最果ての海辺の町スライゴのイェイツ・サマー・スクールに参加した。スライゴは、W・B・イェイツの憧れの女性コンスタンスとイーヴァー姉妹が住んでいたゴア゠ブース家の館があり、ドラムクリフの小さな教会にはW・B・イェイツの墓があって、イェイツ・カントリーと呼ばれている。アイルランドに能を紹介した早稲田大学のオシマ（尾島庄太郎）の名は知られていた。町の「鷹の井劇場」で開かれた講演会で、ユニヴァーシティ・カレッジ・ダブリンのフランシス・ジョン・バーン教授が「ケルト神話」について話したとき、「ホッグ・オブ・ベア」がジェイムズ・ジョイス（一九八二―一九四一）の『フィネガンズ・ウェイク』に影響を与えたということばだけが頭に残った。その中世の詩を求めてダブリンの古本屋を回ったが見つからなかった。それから三十年過ぎて、ふとその詩について調べる気になり、アマゾンで検索してみると、"The Hag of Beare" という詩に行き着いて小躍りした。

九世紀のこの作者不詳の詩はアイルランドでは有名なものらしく、『オックスフォード・アイルランド史』(*The Oxford History of Ireland*)の「女としてのアイルランド」の項に、デクラン・カイバード(ユニヴァーシティ・カレッジ・ダブリン教授)の興味ある記述がある。

ケルトの吟遊詩人の伝承のなかでもっとも古く、結局は破壊的な奇想は、土地は女であって、崇め、口説き、必要とあらば死をもって手に入れるものだという考えであった。しかしこの考えはその重要な隠喩を分析してみなければ十分には理解できないものである。つまり詩人は彼の族長と結婚し、彼と寝床を共にする権利があった。このことから読者によっては多くの讃歌には同性愛的な含意があると見てきた。とりわけ多くの詩人が支配者の美貌を述べる際に、彼らが婦人への愛を言祝(ことほ)ぐのに使ったことのあるのとまったく同じ言葉を使った事実からしてであった。「ベアの皺婆」の詩は、使い棄てられた老吟遊詩人がいろいろな主人に仕えたあと、キリスト教の修道院のほかは行く当てもない、という物語の隠喩であると最近は言われている。男性の詩人が女性の語り手になって話すこの両性具有の伝承はパースからイェイツに至る多くのアイルランドの詩人に取り上げられた。イェイツの「いかれたジェーン」はまさに「ベアの皺婆」の詩連に促されたものである。

(引用者訳、235-236)

ソリタ・デステとデイヴィッド・ランカインの『カイレクのヴィジョン――秀抜のケルト皺婆女神の神話、民話、伝説の探求』によると、古代の皺婆女神カイレクは土地を造り自然の力を操ったケルトの神々のなかでも特段の力を占め、その名が最初に挙げられたのはツキジデスの『歴史』(紀元前四三一―四二五)で、スペインのイベリア半島のカライコ(Kallaikoi)＝カレキと呼ばれたケルト族であるという。その後ローマ人はカレキ族の住む地方を「カレキの土地」という意味のカレキアと名付け、それが後にガレシア、そしてガリシアになったという。アイルランドは長年に亘って他民族の侵略を受けたが、最後の侵入はガリシアと同一視されているミレシア人で、最近の考古学と遺伝学の証拠からすると、アイルランドのケルト族はイベリア半島から移住したとされている。

アイルランドの伝説の物語「オシアンの子供たち」では、アイルランドの南西部地方のマンスター王オーウェン・モーがスペインへ逃亡して、そこでベアラ王女と結婚し、軍勢を伴ってアイルランドに戻り、バー島（コーク州南西の小島）に上陸した。彼は花嫁を島の一番高い丘に連れて行き、対岸の半島を眺め、彼女に敬意を表してその島と半島全体をベアラ半島と名付けたという。オーウェン・モーは結局アイルランドの百戦王コンに殺される。

カレキ＝カイレキの跡を辿れる材料は大方過去二世紀に記録されたアイルランドの物語で、そのなかで今日認められるようなカイレキの名をもつ最初の話は九世紀の「ベアラの老女の嘆き」であった。それは旧約聖書の大洪水を経験して生き残った老婆が、愛する人たちの死と、なにひとつ希望のない老女の荒涼とした未来を嘆く大老齢を述べている。

カイレクという語は老女、老婆、皺くちゃ婆、尼、ヴェールを被った尼の意味をもち、もとはラテン語のヴェール、マントの意味の Pallium からきている。北方ケルト諸語の言語変化で P が K となった影響で、Pallium が Callium となり、それが Cailleach になったという。

ローマ人はケルトの女神で名のあるものにもないものにもニンフという語を使っていて、ブリガンティアとかコヴェンティナといったケルトの女神にこの別称が当てられると、これらの女神はいつも水、とりわけ川や霊水の井戸や泉を連想させる。これらの水の連想はカイレキに見られるので、井戸、川、湖（ロッホ）と結びついている。

『フィネガンズ・ウェイク』はダブリンの西の外れのチャペリゾッドにある居酒屋の主、ハンフリー・チムデン・イアウィッカー（H・C・A）と、その妻アナ・リヴィア・プルーラベル（A・L・P）と、双子の息子シェムとション、娘イシーを主要人物としながら、イタリアの哲学者ジャンバティスタ・ヴィーコ（一六六八―一七四四）が説いた、神話時代から英雄時代、そして人間の時代へと発展する人類の歴史の三時期を鳥瞰し、生と死、罪と罰、魂と物質の循環、自然の輪廻を、語るというよりも、言語の音と綴りを合成した言葉を音符にして歌い上げた膨大な詩書である。

イアウィッカーはアイルランドの伝承の英雄フィン・マクールの生まれ変わりの代理人であり、アナ・リヴィアはダブリン南方のウィックロウ山中に発して草（herb = leaf = life = Liffey）の原を流れ、最後に黒い水溜まり＝ダブリンの市街を貫流してダブリン湾へと流れ込み、スコットランドとの間のアイルランド海へ出て、やがて蒸発して雲となり雨となって地上に還流する、生命の水の擬人化した女性である。

この作品の最終章、短い第四部、老境に達したアナ・リヴィアが夫イアウィッカーとのなれそめからの半生を回顧し、夫はアナの父とも重なりながら手紙の形式で歌う数ページは、世界の文学のなかでももっとも美しい、情感あふれるものと言われている。それは『ユリシーズ』の終りの第十八挿話で、モリー・ブルームがベッドで夫のレオポルド・ブルームとの出会いから最初のデート、夫婦生活を回想する長い内的独白の、意識の華麗な漂流に匹敵するページではあるが、これは死の沈黙に至る彫琢された描出で、前者が性交のオルガスムの生の歓喜「イエス、イエス、イエス」で終るのに対して、こちらは死の海に沈み、やがて再生する生命の水は天から雨と降って再びウィックロウ山中の泉となり川の流れとなるにしても、それは人間の肉体の生の讃歌ではなく、モリーがたびたび夫から聞いて、自分でも繰り返そうとしてうまく言えなかった言葉、メテンプシコーシス（輪廻転生）に近い、生物よりも無機的物質の元素、言語の音素に還元する存在の実相を、色のない、グリザイユの風景で表現している。

あなたって最高級の馬車をお抱えの全身ぴっかぴかだと思ってたのよ。なのにほんのかぼちゃ馬車。あらゆることでお偉いさんだと思ってた、罪状でも栄光でも。なんとさもっちいじゃないの。ふるさと！　はるかあそこのひとたちは覚えかぎりではこっちのたぐいではなかったわ。不敵で不摂生で不明瞭だからと不謹慎を咎められて、海ばばあだなんて。違います！　狂乱の騒音のなかで狂乱の乱舞したからっても違います。あのなかにわたし自身がいるのが目に浮かぶもの、アンナに婀娜うるわしく麗娓雅しく。とっても彼女はきれいだった、あの狂乱のアマゾニア、わたしのもうひとつの胸につかまってきたとき！　彼女が堰とめようもなく不気味なのは、あの高慢ちきのニルーナったら、わたしのいとしの髪をひきむしろうなんてするんですものね！　だってそりゃもう嵐じゃない。黄河不幸か！　河っ黄！　そしてわたしたちの叫びはわたしたちが跳びっきり自由になるまで。風飛ッ、そうみんながいうわ、あなたの名前なんて気にするなって！　でもわたしはここのみんながいとましくなってきたしすべてをわたしはうとましいの。しっこりとひとりさびしく。みなの咎のために。わたしはいとまいゆく。ああ、辛い終わり！　みんなが起きる前にそっといなくなるから。見られないように。知られないように。さびしがられないように。もう昔の昔の悲しい昔の悲しく倦みつつわたしはあなたのもとへ戻るの、わたしの冷たい狂える父、わたしの冷たい狂える烈火の父のもとへ、ただその大きさを近視するだけで、幾藻イルも幾裳イルも、喪ん悶としながら、海泥の塩酔いになって、わたしは急ぐ、わたしの唯一の、あなたの腕のなかへ。ほら、起きてくる！　あの恐ろしい海神の三叉槍から助けて！　まだ二。もう一二浚。そう。アナさようなら。わたしの葉は漂い去ってしまった。ぜんぶ。でも一葉がからみついている。これを着けていくわ。思い出に。漓浮の！　とてもやわらいだこの朝。わたしたちの。ええ。運んでいって、おとうさん、ままごと市でしてくれたみたいに！　方舟天使の町からきたみたいに白い翼をひろげてわたしにむかって下りてくるのが見えたなら、その足もとに倒れて死ずんでしまいそう、范ぶりいだんまりぃに、慎ましく蘇洒するために。ええ、溯ろそろ。あそこが、まず。草むらを抜けてしーっ静かにの茂みの蔭を。沚ーっ！　鴎が一羽。鴎たちが。とおくの声。やってくる、とおくからおとうさんが！　ここで終わり。ではわたしたちを。フィン成ーれ、また！　取って。あなたのやさしいくちづけを、わたしのわたしの思い出に！　幾千の果てまでも。くちび。の鍵を。わたしの与！　ずーっとひとすじにおわりのいとしいえんえん

（柳瀬尚紀訳『フィネガンズ・ウェイク　Ⅲ・Ⅳ』、七五二―七五三）

アナ・リヴィアの夫が高貴な馬車を抱えていると思ったらかぼちゃ馬車でしかなかったという比喩に使われたキャリッジ（物腰）は、皺婆が思い出す戦車を遠く響かせているし、故郷での自由奔放な若い日々の華やかな生活を思わせる。

冷たく狂える大いなる父は大海原である。その海神の三叉槍の大波が二つ三つと襲ってくる。さらに父は天使長の白い翼を拡げて降りてくるから、鴎は鳩の代わりでもあり、荒海に出たは

ずのアナは水草の茂みを抜けているので、皺婆のように葦を分けて、フィン・マクールの住居があったアルマ（キルデア州アレンの丘の古代名）に向かう葉擦れの音に通じる。やわらいだ朝は満ち潮の引いたあと、それは大洪水が引いたあとのノアの方舟に鳩がオリーヴの枝をくわえてきた朝でもあれば、アナの死の墓でもある。

ジョイスは『ユリシーズ』の第十八挿話でモリーに、「アタシがまだしわくちゃばあさん〔an old shrivelled hag〕にならないなんてふしぎ」（639, 五四八）と言わせている。アイルランドの歴史、神話、伝承に見られる土地と女性の深いつながりを知ると、ジョイスの作品で女と自然と言語が主役になるのはもちろんのこと、サミュエル・ベケットの短編や芝居に、正体不明の老女が母親でもなく、土地や人間の世界の主となって登場する謎が解けてくる気がする。

【参考文献】

R. F. Foster, ed., *The Oxford History of Ireland*, Oxford: Oxford UP, 2001.
Sorita d'Este & David Rankine, *Visions of the Calleach*, London: Avalonia, 2009.
James Joyce, *Finnegans Wake*, London: Faber & Faber, 1939, 1960.（ジェイムズ・ジョイス『フィネガンズ・ウェイク　Ⅰ・Ⅱ』柳瀬尚紀訳、河出書房新社、一九九一。『Ⅲ・Ⅳ』同、一九九三。『抄訳　フィネガンズ・ウェ

イク』宮田恭子編訳、集英社、二〇〇四）

——, *Ulysses,* Harmondsworth: Penguin Books, 1986.（ジェイムズ・ジョイス『ユリシーズ　I・II・III』丸谷才一・永川玲二・高松雄一訳、集英社、一九九六—一九九七）

David Hayman, ed. and annot., *A First Draft Version of* Finnegns Wake, London: Faber & Faber, 1963.

Roland McHugh, ed., *Annotations to* Finnegans Wake, Baltimore and London: The Johns Hopkins UP, 1980.

Brendan O'Hehir & John Dillon, *A Classical Lexicon for* Finnegans Wake: *A Glossary of the Greek and Latin in the Major Works of Joyce*, Berkeley-Los Angeles-London: California UP, 1977.

Adaline Glasheen, *Third Census of* Finnegans Wake: *An Index of the Characters and Their Roles*, Berkeley-Los Angeles-London: California UP, 1956, 1977.

Joseph and Robinson Campbell, Henry Morton, *A Skelton Key to* Finnegans Wake, London: Faber & Faber, 1947, 1959.

Brendan O'Hehir, *A Gaelic Lexicon for* Finnegans Wake: *and Glossary for Joyce's Other Works*, Berkeley-Los Angeles: California UP, 1967.

James S. Atherton, *The Books at the Wake: A Study of Literary Allusions in James Joyce's* Finnegans Wake, London: Faber & Faber, 1959.

Margaret Drabble, ed., *The Oxford Companion to English Literature*, Oxford-New York: Oxford UP, 1932, 1996.

Derek Attridge, ed., *The Cambridge Companion to James Joyce*, Cambridge: Cambridge UP, 1990, 1997.

第六章

ジョイスの水の言語

ジェイムズ・ジョイスの『若い芸術家の肖像』(一九一六)の草稿で、千頁ほどの後半部分が残っていたのが『スティーヴン・ヒーロー』(一九四四)として出版されたが、その主人公スティーヴン・ディーダラスはユニヴァーシティ・カレッジ・ダブリンの学生である。カトリックの大学に違和感を抱き、伝統と習慣に黙従する学友たちから浮き上がり、イプセンを信奉する詩人志望の息子をもてあます両親のもと、毎日ダブリンの市街を放徨するところは、『ユリシーズ』の主人公、三十八歳の広告取りのレオポルド・ブルームが、一日中ダブリン市のあちこちを歩き回り、十八の挿話を織り上げる行動の原型といえる。ここではスティーヴンが歩く途中の情景描写はなく、洗練されていない言葉を撒き散らした道を歩くだけだが、レオポルド・ブルームの原型であるホメーロスの『オデュッセイア』の主人公オデュッセウスは、トロイ戦争の勝利の後、十年間エーゲ海の島々を漂流したあと、故郷イタケーで毎日織物を織ってはほどきして夫の帰りを待ち続けた妻ペネロペイアのもとへ帰るのである。伝説の盲目の詩人ホメーロスがギリシア各地の村で吟唱して回った叙事詩は、そこからギリシア語が成立していく方言の歌であったから、その朗唱はエーゲ海の水を行くごとく、流れる語音の連なりであった。

「若い芸術家」を継承する『ユリシーズ』の若い詩人、スティーヴン・ディーダラスのギリシア人名を医学生のバック・マリガンはからかう。イギリス人のヘインと三人で暮らすダブリン湾岸の砲塔の屋上で、マリガンはホメーロスにならい、土色のダブリン湾を眺めて「葡萄酒イロノ海ニ」(*Epi oinopa pontoon*)と唱える。スティーヴンをオデュッセウスの子テレマコスに見立て、その父に当るレオポルド・ブルームはこうしてダブリンの町を歩き回るにしても、全編水を分けて進む舟であり、それは子宮の羊水に浮かぶ胎児のようでもある。

第五挿話の「食蓮人たち」でブルームは石鹸を買った後、トルコ式浴場に向かいながら、浴槽に横たわった自分の身体を想像する。

裸で、ぬくもりの子宮のなかで、溶けて行く石鹸のかぐわしいぬめりに包みこまれ、静かな波に揺られ。胴体も手足もひたひたとさざ波をかぶりながら静止し、軽い浮力に押されて、黄いろいレモンのように見える。おれの臍、肉のつぼみ。そして黒くもつれあう縮れた茂みが水面に漂うあたり、漂う毛の渦のなかに幾千人の子らのしぼんだ父親が、ものうげに漂う一つの花が見えた。

(567-572, I、二二五—二二六)

ニューヨーク州立大バッファロー校のロックウッド記念図書館にあるバッファロー・ジョイス・コレクションのジョイス自筆「『ユリシーズ』挿話ノート[1]」は、たぶん一九一四年から一九年にかけて書かれたものと考えられている。その「ペネロペイア」と頭書された後の六ページ目、「LB」(レオポルド・ブルーム)という文字の後に、「とにかくぼくの女だれでもそのw~には**JJ**がいる」(everyone has **JJ** in its w~)と読める語句がある。wの後は波線に流れているが、これは子宮(womb)かもしれない。「**JJ**」がジェイムズ・ジョイスの略字であれば、この一行はブルームに仮託して、思わずジョイスの独り言を書きつけたことになる。

ページの左端の余白にまでぎっしり斜に語句を書き込み、『ユリシーズ』に使用した句や文は赤と緑の色鉛筆で線を引いてある。それらは創作ノートというよりもアイディアや文句の控え帳で、たとえば「あたしに淫売みたいなまねをさせようとして、言ってくる」は、「彼を感じるかいとかなんとか言ってあたしにいんばいみたいなまねをさせるそんな女になってたまるもんですか」というベッドのなかの独り言にはめ込んでいる。

全体は無関係なフレーズ群であるが、「割礼を受けた」(circumcised) という語は、「あたしあの人がかつれいを受けたのか知りたくてたまらなかったのあのひとったら体じゅうジェリーみたいにぶるぶるふるえてた」(I was dying to find out was he circumcised he was shaking like a jelly all over) (Episode 18, 以下同、314-315. Ⅲ、四七六) のなかに使われている。circumcised の十一文字の筆跡は躍り上がる波立ちで、ジョイスの嬉々とした皮肉笑いが浮かんでいる。だが三十分にらんでも判読できず、ついに年輩の男性司書に尋ねると、即座に「サカムサイズド」と読んでのけた。私はジョイスの運筆をノートの上端に転写しておいたので、今でもその趣きを目で辿ることができる。これほど躍動しているジョイスのペン字は滅多にないだろう。モリーはブルームが「体じゅうジェリーみたいにぶるぶるふるえてた」と言ったが、じっさいにふるえていたのはジョイスの指先の方だろう。

ジャック・デリダは『ユリシーズ　グラモフォン』のなかで、『ユリシーズ』第十八挿話に頻出するイエス（yes）の署名性について論じている。「モリーの〈イエス〉は周航し、環状に切り取ることで割礼を施し、それは『ユリシーズ』の最終挿話を円環的に囲む[2]」と言い、この挿話がyesで始まりyesで終る構成のことを解説する。この挿話自体がブルームのペニスであり、モリーはそれにyesで割礼を施していると言うのである。ブルームがよく口にする輪廻転生（メテンプシコーシス）をモリーがうまく言えず、「ストッキングを穿いたなんかに会った（メットサムシングウィズホーシズ）」などと言ってみるのだが、ブルームの輪廻転生の世界観がデリダによると、割礼の、円環状の肉体的刻印を持った創作形式になる。スペインのユダヤ系マラーノの子孫であるデリダにとって、自分の肉体の割礼の刻印は抜き難いアイデンティティの「署名」となっていた[3]が、モリーはハンガリーのユダヤ系のブルームの割礼を見せ物のようにからかっている。この挿話の最初と最後のほかにも励みの掛け声としてモリーが繰り返すyesは、女の性の肯定であるとともに、七年の歳月の後に最終章に至ったジョイスの「女」の体たる文学の出産の陣痛であり、誕生の歓喜の叫び声に聞き取れる。ジョイスが『ユリシーズ』の原稿を書き綴ったノートの余白には驚くほど書き込みがなく、ただノートの最後を逆さにして、裏表紙から上下逆に、のちに第十八挿話となる章を書き始め、それにはたくさんの加筆が反対ページに項目別に並べられてある。しかも最後の節は書かずに終り、のちに第十七挿話となる「イタケー」の章は別のノートに書かれている。

モリーの独白の最後の節はタイプ原稿にして人に見せたくなく、活字になるまで手元に置いておきたかったのだと言われている。最後の五葉の原稿にはほとんど書き入れがない。この挿話はジョイスがもっとも文学的情熱を注ぎ込んだ、女の体による言語の受肉を表わすベッドの上での内的独白である。それは文学論でも美学の比喩でもなく、霊感的なエピファニーの啓示でもなく、またプルーストのように偶然とはいいながらもいくつかの無意志的記憶の連鎖に収斂する繰り返しでもなく、澱み、渦巻き、嵌入する、トルコ式バスタブに横たわるブルームの胎児幻想とも違う、体の底から沸き起こる情欲に身を任せたジョイス言語の女の肉体に仮託した具現である。

私はある夜、ロンドンのマンションの一室でこの挿話を一気に読んだとき、広い部屋一杯にモリーの肉体が膨らんだ幻想に浸されたことがある。またある夜、モリーの内的独白をすべて科白化した劇をパリのモンパルナスの小さな白い仮設の芝居小屋で観た。延々と続く朗読調のフランス語の科白を聴いてもモリーの肉体が部屋を満たすことはなく、モリー役の痩せた若い女優は鉄製ベッドの上で寝たり、半身起こしたりするだけで、一度だけオマルにまたがった。T・S・エリオットは、「再発見した神話の秩序ある輪郭の中に無定形の素材を入れた」ことを讃えたという。(4) この意識と肉の無定形こそ、フローベールを範としながら、まだ形をなさぬ言語のパン種を女体に胚胎させたジョイスの渾身の技であったし、ベケットはそれを負の方向で、言語を子宮に戻して継承したといえよう。

ニューヨーク州イサカ(イタケー)にあるコーネル大学バイネッケ図書館所蔵の、『ユリシーズ』の第十八挿話「ペネロペイア」のタイプ原稿[5]にも、左側の欄外に斜の書き込みがたくさんある。それはすべてモリーの内的独白で、奔放でエロチックな回想の書き込みが多く、モリーの若い肉体は裸になってブルームの体も欲望も剝き出していく。ブルームがズロースという夢中で、人目はばからず、自転車に乗る女の子たちのスカートが風にあおられてへそまでまくれるのをこっそり見ていると書いたあとに、

ミリーとあたしが彼といっしょに野がい園ゆう会に出かけたときだって逆光せんで立っていたクリームいろのモスリンのあの女の下着まですけすけなのを見ていた〔he could see every atom〕(614, Ⅲ、四七四)

これもそっくり作品に入っている。またモリーが双子のように見事な自分の乳房を語った後、美術館で男の裸体の彫刻を観たときのことで、

美じゅつ館にある彫こくのように中にはかた手であそこをかくすようにしているのもあってそんなにきれいかしらでももちろん男の彫こくにくらべればきれいふくらんだふくろが2コあってそれからべつのものがぶら下るかそうでなければ帽しかけみたいにつったっていてあれじゃとてもキャベツの葉っぱでかくさなくちゃ　(620, Ⅲ、四九一)

これもそのまま本文に取り込まれた。

モリーがジブラルタルで抱かれた恋人、ハリー・マルヴィ中尉がインドへ向かって出航したあと、「ハリー・モリー・ダーリン」と思い出しながら、

それからあと船に乗っている彼のことばかり考えミサのとき聖体奉挙〔elevation〕のときにペチコートがずり落ちそう〔slip down〕になって　(627, Ⅲ、五一二)

と書き込んである。波の上下がここではパンと葡萄酒を聖変化させたあと、司祭が高く差し上げる聖杯（勃起）と、ずり落ちるペチコートの聖俗に変わっている。

『ユリシーズ』の原稿が一九二一年、シルヴィア・ビーチのシェイクスピア・カンパニー書店から出版が決まって、ディジョンの印刷屋から出た校正刷にジョイスが書き入れたものがファクシミリで印刷・出版されている。「ペネロペイア」の挿話で、ブルームが一日の彷徨から帰宅するのをモリーがベッドで待ちながら、生まれ故郷のジブラルタル時代の恋の遍歴の回想に浸っていると、コノリー駅から西へ向かう最終列車の汽笛が聞こえ、スペインの闘牛の残酷さを思い出して書き加える。

> 闘牛士（バンデリレアロウ）たちとやばんな男たちったらブラヴォートーロってさけんで女どももまけずおとらずソーレおおかわいそうな馬たち引きさかれてはらわたがすっかりはみ出してあんなむごたらしいこと聞いたことないｙｅｓ
>
> （622, Ⅲ、四九七）

掛け声と、獣の裂けた皮から食（は）み出た腸（はらわた）の壮絶な光景が、体を男に預けたエロチックな恋や夫婦生活のイメージを泳いできたモリーの脳から、残酷な肉となって食み出した。それは言葉のリアルな意味像というよりも語の重層音で、馬の体の部位の名も形もなく、ただ「かわいそうな馬のなかみそっくり」（all the whole insides out of those poor horses）と抽象的なことばがあるのみである。むしろその後さらに加筆したとみられる「白いきれいなマンティラをかぶった」(in their nice white mantillas) の形容詞句が、女どものあとにつけられている。スペインのレース付きのゆったりしたショールを女たちに羽織らせて優雅な風情にした上で、腸(はらわた)の異様な色の光沢にコントラストをつけようという狙いであろう。トルコ式バスタブに横たわるブルームの胴体も、ペニスは「漂う毛の渦のなかに幾千人の子らのしぼんだ父親が、ものうげに漂う一つの花」(71, I、二一六) であって、肉 (flesh) が漂い (floating)、父 (father) の花 (flower) のf音を口ずさんでいる。

友人ディグナムの葬儀に馬車で向かう途中、突然霊柩車が転覆してディグナムの死骸が地面に転がり落ちるのを想像する場面でも、死体の描写は「赤い顔、いまは灰色。だらりと口をあけて」(81, I、二四六―二四七) だけで、その口は「何事だ」と尋ねようとする様子を述べているに過ぎない。唇も舌も描いていない。

ジョイスが先の闘牛場の少しあとに書き込んだものにも歌声が入っている。

> あの片目のアラブ人のじいさんがおすロバ(ヒーアス)みたいな音のする楽器をひいてヒーヒーアヒーと歌うのを聴いてたっけあんたのおすロバ(ヒーアス)のゴッタ煮(ホッチャポッチ)はほんとにごちそうさまでしたよ。

（623, Ⅲ、五〇一）

モリーが退屈しきって、爪でひっかいてだれかと喧嘩したいと思うくらいのときに、アラブ人のじいさんがヒーヒー楽器を鳴らして歌うのを聴いていたというのだが、姿は見えず、哀れなロバの悲鳴ばかりが聞こえてくる。

現在の感覚から過去の意識へ移り行くプルーストの文体は絶えず動く映画の連鎖（シークエンス）というよりも、一つ一つが動きながら停止している絵画である。音楽すらも一時停止している。プルースト自身も一つ部屋に泊まっていたように。言葉が汽車に乗っても、自転車を漕いでも、航行する船を目で追っているときも、風景は額のなかで動いており、プルーストはそれを言葉の筆で描いている。ジョイスの文体は意識の流れと言われたこともあったが、ホメーロスに倣って叙事詩というよりも、歌である。首尾のある歌というよりも語句（フレーズ）を並べた歌である。物語るのではなく歌うのであり、流れる音を騒がせたり、遊ばせたり、夢見させたりする。その言葉の水の自在さは一定方向に流れる川や映画よりも自由である。それを支配する神はなく、運命も筋もない。循環するという世界観と反復するという歴史観があるだけである。そういう意味でジョイスの言語は流れる水の波頭で、底の水は回転し流れていても波頭はつねに現在である。そして言語の現在は話し言葉である。

ジョイスの遺作『フィネガンズ・ウェイク』一部の終りの第八章はジョイスがかくべつ大事にした章で、独立した本にもなっている。この長詩のような川の語りはダブリン市内を流れるリフィ川を擬人化したアナ・リヴィアをめぐることになるわけだが、黄昏どき、二人の洗濯女がリフィ川を挟んで洗濯しながら若い女がアナ・リヴィアのことを訊き、年上の女がそれを語る運びになっている。章全体に世界の川の名がちりばめられ、川の言葉がさざ波を立てて流れる。ジョイス自身の朗読があるほど、この章は言葉が音の流れになっている。

その一部の音訳を試みてみる。


プロクセネテ！　プロクセネテ、フルクセエテ、ナンネッテ、やり手ばあって？　ずるいロシアンヒンドゥーのたわごとヤメテ！　フランク語でいって。甲は甲、水は水。スクールでヘブライ語しないいるだったの、ａｂｃ学校のひねくれさん。たとえばわたしがいま自然保護団体のために遠隔筋感覚（テレキネシス）であんたのやり手ば（プロクセネテ）あやるみたいなもんよ。気どってさ、そいであの女（ひと）そんなふうなの？　あの女（ひと）そんなに貧乏零落（びんぼうれいらく）するなんて思いもしなかった。見たことないかい？　あの女（ひと）が窓辺でユリヤナギの椅子に座ってゆうふられて、きっかい文字がミシシッピリの譜面に向かって、バンドンの伴奏もなしにフィドルの弓(ボウ)弾いて葬送のアシ舟の歌の謎(リドル)をとくふりしてるの。ファー、ドレミもソラシ。あたま下(バウ)げるかアキラメルか。

(198, 引用者訳)

肝心の音楽がここでは道化の道具になっている。川の水でH・C・Eの下着を洗いながら、川の名を使って古代文字を浮かべ、落ちぶれたアナは窓辺で弦を奏で、葬送の葦の舟歌の謎を解こうとするが、弾くことも歌うこともできない女のイメージは、はるかに「ベアの皺婆」を想い起こさせる。

さらに十一行目には一頁の左の欄外にぎっしりと斜に書き込んで下線を引いた書き込みがある。その部分が完成されたテクストに挿入された箇所の音訳を試みてみる。

鼻クンクンの三角袋(コルネット)ばっかりこっちへプカプカ狂った坊さん衣の下から餌主照棄寺(エステルステラ)、あの沼の仙水坊主に虚栄の一の足を洗わせる。あれの卑猥(ひわい)なチンヌク族の性書読んでるわ、珍学者どっと反吐(へど)もどピヨピヨコッコッ扉の見出し見てにたにた。「カミイエリ、ヒトアレ！　サレバヒトアリ。ホウ！　ホウ！　カミイエリアダムアレ、サレバアダムアリ。ハァ！

ハァ！」そいでウィンダミア湖畔の詩人（ディッヒター）とレ・ファニュ（シェリダンの）「墓車地（コーチャード）に建つ館」と（J・）ミルの「女論（おなご）」と例の（ディット）「フロス川」ヤァ、古水車小屋（アルトミュラー）にゃ沼水（しょうすい）かけろ、浮つき女（おなご）にゃ石だ！

（212-213, 引用者訳）

ほぼこれに近い行の言葉が欄外に連ねてある。ロランド・マックヒューによると、祈りの言葉はジョイスの友人オットカーロ・ヴァイスが、スロヴェニア人の神父がイタリア語で説教しているのを男の子が真似ているのを聞いたのだという(6)。原文には世界の川の名がちりばめられ、その音を翻訳するわけにはなかなかいかないが、川の水が朗々と流れている。この短い節のなかには、急流の水音のほかにさまざまな固有名詞が含まれており、旧約聖書に出てくる、ペルシア王クセルクセス王の妃となってユダヤ人を救ったユダヤ人女性エステル、奇人司祭スウィフトの文通相手の愛人ステラ、ダブリンのセント・パトリック教会に図書館を創設したナーシサス・マーシュ、サッカレーの『虚栄の市』、北米原住民チヌック族、ワイルドの『ウィンダミア卿夫人の扇』、アイルランドの作家ジョセフ・シェリダン・レ・ファニュの『墓地の側の古い館』、イギリスの哲学者ジョン・ステュアート・ミルの『女性の従属』、ジョージ・エリオットの『フロス川の水車小屋』といった具合である。風、水、川、沼、墓地の意味ばかりではなく、「虚栄」のように語呂合わせもあり、神、聖書はともかくとして、人間の誕生と女の地位の向上への暗示として、夕暮れのリフィ川を挟んで語り合う二人の洗濯女は川の流れで男の下着を洗いながら、じつは流れる歴史の言語を洗っているのである。

【注】

＊　『ユリシーズ』の引用箇所英数字は James Joyce, *Ulysses*, Harmondsworth: Penguin Books, 1986. の、漢数字は集英社版訳書のページ数。Ⅰ、Ⅱ、Ⅲは巻数。

（1）　V. A. 2. Ulysses Holograph MSS: Notes For The Episodes. Lockwood Memorial Library at the State University of New York at Buffalo. Phillip Herring, ed., *Joyce's Notes and Early Drafts for Ulysses: Selections from the Buffalo Collection*, Charlottesville: UP of Virginia, 1977, 55.

（2）　Jacques Derrida, *Ulysee gramophone: Deux mots pour Joyce*, Paris: Editions Galilée, 1987, 110.（ジャック・デリダ『ユリシーズ　グラモフォン』合田正人・中真生訳、法政大学出版局、二〇〇一、一二九―一三〇頁）

（3）　Jacques Derrida et Safaa Fathy, *Tourner les mots – Au bord d'un film*, Paris: Editions Galilée / Arte Editions, 2000.（ジャック・デリダ『言葉を撮る――デリダ／映画／自伝』港道隆・鵜飼哲訳、青土社、二〇〇八）

（4）　James Joyce, *Ulysses: A Facsimile of the Manuscript with a critical introduction by Harry Levin and a bibliographical preface by Clive Driver, I, II*, New York: Octagon Books, 1975, 1.

（5）　MS Vault ULYSSES: PENELOPE: typescript, Joyce SERIES II, Box 10, Folder 18. The James Joyce Collection formed by John J. Slocum.

(6) Roland Mchugh, *Annotations to* Finnegans Wake, Baltimore and London: The Johns Hopkins UP, 1980, 212.

第七章

ベケットの上半身の恋

サミュエル・ベケット（一九〇六―一九八九）の処女小説『並には勝る女たちの夢』は作者自身が生前の出版を拒否していたので、一九九二年に初めてダブリンで出版された。これはベケットが二十六歳だった一九三二年の夏、パリのトリアノン・ホテルで執筆したもので、同郷の師ジェイムズ・ジョイスを意識し、その影響から免れることはできなかった。造語を交えた卑猥な言葉を盛った若書きの小説は、その後中年から晩年に向かって、徐々にプルーストのように収縮に向かっていくベケットの文学の行程を見据えると、その発端がジョイスの初期のリアリズムを越えて、発想、形式、造語において自由奔放であった痕跡が赤裸々に曝け出された作品となっている。書き上げた年の秋、ロンドンの有力な出版社数社に持ち込んだがいずれも断られ、意気消沈してダブリンに帰ったベケットは、友人のジョージ・リーヴィ宛一九三二年十月八日付けの手紙に、「僕は死ぬまでここにいて、誰かの自転車に乗って月並みな道路をよろよろいくさ」と書いた。ベケットの強い指示通り、死後しばらく経って、じっさいは三年後、執筆から六十年後に出版されたわけである。

オーン・オブライアンがこの本の序文に銘として掲げたベケットの言葉、「わが狂想を投げ込んだ櫃（ひつ）」のとおり、この〝小説〟は単彩の泥のなかを這い進むようになる以前の、さまざまな女たちの身体の間をもがき進み、自転車ならぬ汽車で異国を旅し、ジョイスのようにダブリンの街を歩き回るベケットの若い焦燥、欲望、そしてヨーロッパ文化の知識が渦巻いている。ジョイスも街を巡って歩いたが、自分の肌で触れ、物にぶつかるというよりも、映画のシーンをつなぐように、言葉で場面を織り上げ、人物たちを眺めていた。ジョイスの言葉は音楽を構成していても、彼はそれを自分で朗読し、歌い、聴いていた。ベケットの言葉は音楽を構成するというより、語の一つ一つが音の塊、音符の肉で、主人公の身体に雹や石のようにぶつかってくる。

主人公「ベラックワ」は、ダンテの『神曲』煉獄篇で、怠惰の罪によって地上で生きた時間と同じ時間を岩陰でうずくまっている罰を与えられた人物から取った、ベケットお気に入りの名前である。一ページだけの第一章には次のような文がある。

見ろよベラックワのデブチン子がペダルこいでいく、はやく、はやく、口おっぴろげ鼻膨らませ。フィンドラターのヴァンを追っかけ、はやくはやく、サンザシの茂みに沿ってはやくはやくとうとう馬について走る、肥えた黒い馬の濡れた尻について〔……〕。(1, 九)

庭のひまらや杉の天辺から扇状に枝を広げた針葉を滑り降りて最後は地面に腹這いに落ちて遊んでいたらしい、やんちゃで運動好きだったベケットの少年時代を偲ばせる書き出しである。スコッチ・ウィスキー会社の荷馬車、汗に濡れた肉付のいい馬の臀部、疾走する自転車。ここからベケットは小説の世界に乗り込んでいく。

ベラックワはスメラルディーナ゠リーマという田舎娘のガードルから上だけに恋したが、彼女はピアノの勉強のためにダブリン郊外、ダンレアリのカーライル埠頭からウィーンに向けて旅立ってしまう。

ベラックワは彼女にベチャベチャされるのは嫌いだったが、他所(よそ)でなら気晴らしになるだろ

う と思い、父親から切符代をもらってカーライル埠頭から船に乗り、一人の親友は「マラルメ的な別れの手」を振った。オステンデからライン行き馬匹運送貨車の隅の席に居座ってビールで二十九時間をしのぐ。スメラルディーナ゠リーマの身体をベケットはこう書く。

彼女の体ときたらまるでぶざま、孔雀の駒爪だったもの。あんなに若くて、ぶざまもいいところ、でっかいおっぱい、おいど、ボッティチェルリのふともも、内わにあし、ぶくぶくした足首、よろよろ、マンモス、だらだら、ぶよぶよ、ぶるぶる、ごぼごぼ、これぞボタンもはじける熟れた女。（15, 一一三）

ベケットはおどけた語音でスメラルディーナ゠リーマ（スメリー）の体をぬいぐるみのように造っている。誇張した体形は肉の塊というよりもことばの風船を膨らませて、それが人形になっている。スメリーは抑えがきかない女で、朝の運動で上気して、お茶のあとベラックワをレイプしてしまう。それはベラックワのプラトニックな精神の生地を傷つけたことになった。しばらく一緒に暮らしたあと、ベラックワは精神の自立を求めてスメリーから離れようとする。スメリーはぐったりしおたれてベッドの端にどさりと座る。

脚は膝が開いたまま、太腿も太腹もうなだれた胴体のせいで、それほど目立たず、膝の上に両手がだらりと置かれていた。〔……〕彼女は憂いに沈み、静謐な体には手も脚も乳房もなく、あの夏の夕、緑の島で初めて彼女が彼の魂を駒から外してくれたときも、木のような静寂、静寂の柱だった。（23, 三二一—三二二）

ベラックワが緑の島のアイルランドで最初に見たスメリーの聖女のような印象と、後にウィーンでその体から食み出る女の肉に恐れ戦き、孤独の自由と静謐を求めて遠ざかろうとする心情は、大いにベケットの性向を反映しているように思える。ベラックワはぶち切れんばかりの乳房の肉よりも木の静けさを求めている。誰も性＝生の欲望を抑えることはできないが、できるのは「トゥルバドールの精神だけで、岩陰で自己に没入し、なんの祈りも聞こえてこなければ永久にうずくまって隠遁し、ライオンのようにひとり身構えている〔raccolta a se〕」（24, 三三）と言う。それはまさに『神曲』煉獄界のベラックワである。そしてベラックワはスメリーに向かって、女をほんとうにまるごと所有するのは腕に抱くときでも、離れて女の雰囲気をシェアして彼女のエッセンスを感じているときでもなく、「ひとりでまあ黙って座り、彼女のもつ力を想い描くか、彼女に向かって詩を投げかけるか、とにかく、彼の精神の地下埋葬所（カタコンベ）で、彼女がなんとなくそわそわしているという実感があるときだけなんだ」(25, 三五) と言う。これはジョイスとベケットの対照的な違いである。ジョイスもいろいろな言語を駆使して文を作り、そこに女の体も、女の回想、幻想も具現させようとしたが、ベケットは女のかすかな気配を感じながら、その描出ではない、うごめきの詩を書くのである。

ウィーンではベラックワの館（ホーフ）の隠れた砦にスメリーが訪ねてきても彼は外に出掛けようとせず、中庭に立ったままでいると、石の館や鬱蒼とした森に囲まれて気が狂いそうになる。「脆弱な堤防は決壊して彼の上に崩れかかってきそうだった。彼は溺れるだろう。石と茂みの洪水が彼も土地も押し流すだろう。木と葉と巻きひげと石の山の悪夢の嵐だ。彼は雑草と館の外郭に囲まれて、彼から濾（こ）し残された濃いマッスと対峙していた。見上げると、漏斗の縁に夜空が皮膚のように張りつめていた。彼は内壁をよじ登るだろう、頭は張りつめた天空を大きく引き裂き、洪水を乗り越え、悪夢の上部の静寂の地帯へ昇っていくだろう」(26, 三六)。

これはまさにベケットの生、彼の文学を予見させるものであり、彼は漏斗の底の煉獄界にいてノアの洪水に洗われ、濾され、そこに残った木と葉と巻きひげと石のマッスに立ち向かい、漏斗の口から望める天空は金色に輝く天使の舞うダンテの天上界ではなく、悪夢から醒めた皮膚色の天幕で、その皮膚は彼自身の頭皮かもしれない。その物質の世界を突き抜けた静寂の地帯は光のない沈黙の領域、肉を濾して浄化された言葉、詩の魂と言えるかもしれない。

そういう魂胆が見え隠れするベラックワを前にしてスメリーはもがき、呻く。ベラックワは一方で娼婦宿に通い、赤線のどこかに「ベアトリーチェ」が潜んでいることを知って、スメラルディーナ＝リーマ、「不可侵の単一性」との二重性に苦悩する。娼婦を相手にいつものことが終り、ゼロになると、「別の奔出が始まり、ひからびた聖域に、慈悲深い力強さと恵みを流しこん」で、「いつものこととキャベツの芯のようなセックスのゴミに条件づけられながらも、それらを洪水のように襲って抹消してしまうのだった」(41, 五二)。スメリーの「花」も毎回キャベツの芯と一緒に抹消されてしまう。精神としての、彼の精神の精神としての彼女は消し去られてしまう。

ベラックワはスメラルディーナ＝リーマを全一の精神として護りながら、自分の欲望の解消のためにわれ知らず心のなかで彼女を売春宿に伴い、精神としての彼女を消し去っていた。一方自分の家では逆に精神において彼女を所有した。彼女に娼婦を演じさせ、彼女の気まぐれで偽りのものを取り除くことによって本当の類いないものを備えさせようとした。こうして彼女は初めて軽く肉体を措定され、彼によって意図して肉欲の対象に歪曲され、いま、彼女は精神させた。

のなかで彼に与えられ、精神として肯定された。こうして彼はむりやり彼女に彼の暗闇を分有させた。

ベラックワは自分を幽閉するのが本能だったから、ドイツの町で十月半ばからクリスマスにかけて、自分の周囲にめぐらした環状の土塁、「欲望が除去された辺獄(リンボ)のなかを、死者、死んで生まれた者、まだ生まれない者、決して生まれない者の影を帯びて動いた」(44, 五五)。それは後のベケットの小説『人べらし役』(*Le Dépeupleur*, 1970. *The Lost Ones*, 1972)を思わせる光景で、『神曲』の「煉獄界」を連想させる原イメージであると言えよう。「彼らは無言の人群であり、かつて存在し存在せず、存在するはずであって決して存在するはずでなかった多くのものの雑踏であり、砂の中で鼓動する心臓のように脈打ちうごめいている。彼らは暗い光を投げかけた」(44, 五五—五六)。

ダンテの「煉獄」が幻想的な自然の風景を想像させるのに対して、ベケットのベラックワが肉の葛藤を越えて至福の期間を過ごす場所は脳や心臓という身体臓器であって、谷間や、岩に囲まれた自然の場所ではない。天でも深海でもない、トンネルのなかだ。

精神が病室のように、遺体安置所(シャペル・アルダント)のように薄暗く静まり返り、影がひしめいている。精神がついにみずからの避難所となり、無私で無関心で、みずからの惨めな神経過敏症や差別や無益な突進が鎮圧されている。精神が突然執行猶予を得て、せわしない身体の付属物であることを止め、理解の光のスイッチが切られる。ひどく苦しんでいる精神の蓋が閉じ、突然暗闇が精神に訪れる。それはまだ眠りではなく、また汗と恐れを伴った夢でもなく、灰色の天使たちがひしめく、覚醒した超大脳的幽暗である。もう彼には墓と母胎の影しか残っていない。そこでは彼の死者と彼の未生児の霊が外に出てくることがふさわしいのだ。（44, 五六）

これはベケットがプルースト論（*Proust*, 1931）で、「プルーストは縮小の文学だ」と言ったことを、はるかに具体的に徹底的に述べたもので、後のベケットの文学の居場所を早くもはっきりと意識し、示している。墓と母胎、死者と未生児が一つである。天国と地獄というよりも、始まりと終わり、生と死が同じであり、その間に時間があるというよりも両者が同時であって、現在が永遠に続き、死でもあれば生でもあり、闇と沈黙を求めているが、外には、あるいはダンテの『神曲』の「地獄」のように上には、光と騒音が満ちている。

プルーストは「肉化した〈時〉」（57, 九二）の光景と対決し、遠く離れた二つの時間が否応なく引き合い、厚かましい轟きと閃光の下に衝突するが、その後はただ長い歳月の下に鉛のごとく屈み死にゆく顔に刻まれていく、とベケットは言う。ベケットの主人公も少年時代のハイキングや、青年の頃ボートに恋人と横たわる情景を思い出したりするが、それは遺棄すべきロマンチックな記憶で、その光が消えた後の暗闇の沈黙のなかで、脳に浮かぶ言葉を聴き取り、それを口に発し、書きつけることこそ今生きる現在である。長い歳月が顔に刻まれるのではなく、言葉が浮かび消えるのを紙の上に記していくのがベケットの文学であり、それは生と死を表裏とする皮膚であって、終ることのない現在である。

ベラックワは初め恋人として描いたマドンナの像をスメラルディーナ゠リーマが裏切って、彼に対して「陵辱、違法な童貞強奪、強引なかっぱらい」(114, 一三七)をしたために幻滅し、彼女をヘッセンでお払いにして、ハンブルクの近くの港からアイルランドに向かう船に乗る。

ベラックワはコークの居心地のよい両親の家に戻ってほっとし、長く辛かった別離の後の挨拶が終ると、まず「懐かしいポーチの辺りに群がったバーベナの叢に放蕩息子の頭を突っ込み〔……〕、その沸き立つ香りの胸にうっとりと身をゆだねていた。その芳香のなかに彼の幼い日々の些細な喜びも悲しみもすべて焚きこまれていたし、いつまでも香っているだろう」(145, 一六九)。

ベケットには実家の玄関先のバーベナの芳香に到達するために、プルーストのように無意志的記憶を喚起する偶然の感覚は必要ない。ドイツで恋人と別れ、船に乗ってアイルランドへ帰り、幼少時代を過ごした両親の家を訪れ、自分で花の胸に顔を押しつければいい。水差しのように大きな恋人の乳房には匂いを嗅ぐことも望まなかったベラックワが、故郷のバーベナの「胸」には真っ先に頭を突っ込んだ。プルーストの話者はサンザシの花の芯のピンクの色と香から幼い恋人ジルベルトの天使のような思い出の語りに身を潜（ひそ）めていくが、ベラックワはバーベナの懐で泳ぎ、めまいを覚えても、その喜びと悲しみの物語を語ることはない。その芳香はヘッセンの恋人スメリーの欲望と精神と交叉するが、そこにない胸よりは、そこで触れる花に肉化している。プルーストの話者の恋人アルベルチーヌは欲望よりも憧れの対象、触る肉よりも意味するイメージである。ベラックワはドイツで欲望をもちながら、スメリーの押しつけがましい肉で不意に侵害され、あげくの果てに、ベラックワはスメリーの肉体を搾取し、精神のエッセンスとしてのスメリーを手に入れようとした。ベラックワが求めた精神のエッセンスは、プラトンやデカルトやマラルメの言葉に通じる、ベケットに蓄積されたヨーロッパの観念であったので、現実の女の肉体であるスメラルディーナ＝リーマとは、「高度の弾力性を持った物体同士が衝突したときのように」（115, 一三八）弾けるように別れた。まるで肉体と精神が反撥するようにだ。

ベラックワがアイルランドに帰ると、友人の北極熊（ポーラー・ベア）は彼が短期間の大陸滞在中に信じられないくらい変わったと思った。精神的な硬化と気難しさを感じる。彼はベラックワを、知性的なタイプの人とは関係をもてないという女性アルバに引き合わせる。彼女は「私、人とか物とかの話はしたくない、そんなの大きなゴミみたいだわ」（164，一九一）と言う。それでも二人はしばらくの間会って話をするが、「二人は合体には失敗する」（167，一九五）。しかし作者（われわれ＝ベケット）は「今こそ脱線して二羽の孤独な鳥を結びつけ、大成功するチャンスだけでも与えてやるときだ」（同）と考える。

ベラックワは計画通り駆け足（ギャロップ）で、しかし不機嫌にやってくる。アルバはダブリンに帰ってきた放蕩息子に黄ばんだ沼の瘴気をこっそり吹き掛けて、彼の精神はぞくっとする熱病に冒されようとしている。

> 「あなたの詩読んだわ」と彼女はかすれた声でそっと言った、「でももっとよく書けるわよ。うまいの、うま過ぎるの。面白かったわ。楽しかった、よく書けてる、でもそれを超えなくちゃ」
> （197，一六九）

それに対してベラックワは次のような詩論を述べる。

「詩的視覚には近視というものがあって、それは言葉の網膜の前で情感(エモーション)のイメージに焦点が合うときで、網膜の背後で焦点が合うときは遠視なのだ。その近視から遠視へと移るたしかな傾向がある。詩は言葉とイメージが一致する普通の視覚は相手にしない。僕は君が話した近視の話から今僕が話している遠視の詩へ移行したんだ。ここでは情感が言葉のなかへ集められたり言葉によって閉じられたりせずに、言葉が情感によって引き延ばされるんだ」 (170, 一九八)

ベラックワは「言葉には僕が選んだ器官を結ばせる」(170, 一九九)と言う。言葉は物に対抗して物の名や意味を担い、物を関係づけ、物のイメージを精神に語らせたりするが、それ自体は物でも肉でもない。しかしベラックワはそれに器官を開かせると言う。ベケットにとってそれは見る眼、言葉を発する口、思考する脳、さらに運動する手と足、性器や排泄口である。ベケットにおいて言葉は身体から離れた別のもの、精神の記号ではなく、喉と舌にかたどられて発する泡の音、脳に映るイメージの色と形、耳から脳に届く音であって、アルトーのいう器官なき身体のような泥＝肉から、生パンが発芽させる酵母のように開く花である。それは人間の胎児でもあれば墓穴の死体でもある。言葉は地下からも地上からも蒸発せず、昇華することもなく、地衣類のように這い、うずくまっている。

　ベラックワとアルバが座って話し、沈黙している間に黄昏れていく。「トラムが並木通の胃袋のなかであちこちうめきを上げ、過ぎ去」る。「魔法のような時間、魔術的、悲劇的な包皮状（プレピュスキュール）の黄昏だった」。「夜が黄昏のシーツ全面にみだらな難産をし」（傍点引用者、174，二〇三）ている。「ソファーの上に巻き収められ、首を絞められた西空から逃れてきたかすかな光が、小さいながらも幅広い色白の顔にところどころ当たってい」（同）るアルバは生まれたばかりの赤ん坊のようでもあり、死体のようでもある。エル・グレコの〈オルガス伯の埋葬〉に描かれた、大きな黒い眼の堕落した息子に比較される。

　ベケットは絵画に関心が深いが、描写にはあまり色彩を使わず、白と黒にこだわる。「黄昏れて、アルバの瞳と白眼が夜のように黒くなった暗い虹彩のなかに沈み」（同）、「夜におびえて夕暮は白味を帯び」（同）、眼に見えて白んで窓辺で鳥籠を眺めているアルバの頭に枕を添える。ベラックワは水に映るわが顔に恋するように、アルバの瞳からわが面影が返ってくるのを期待するが、アルバは眼をつむっている。

ここでベケットは、ベラックワを「悪夢の怪物女(ハルピュイア)、ミス・ダブリン、魔女」(179, 二〇九)に遭遇させる。名はフリカとさせる。

彼女の聖書朗読台のようにへこんだ胸には、なめした子宮大網膜で装幀したポルティリョッティの『閉ジコメラレタ半影』〔Penumbre Claustrali〕が開かれている。爪には、サメのなめし皮装のサド著『百日』とアリョーシャ・G・ブリニョーレ=サーレ著『アンテロティカ』が、閉じたまま真剣につかまれている。腐ったプディングが彼女に目隠しをしている。重そうな苦痛のターバンが彼女の馬面に巻きついている。眼窩には球根がつまっていて、丸く青白いぎょろ眼がむき出しになっている。孤独な瞑想に耽っているため彼女の鼻の穴は大きく広がっている。口は見えないエサをむしゃむしゃ噛み、苦くなった両唇の接合部には泡が発生している。太鼓腹の板状貫入岩体に唇を当てた噴火口形の乳胸は皮肉にも妊婦用ブラウスの中で身をすくめている。カギアナは居心地悪く馬の峰を悩ませるし、骨ばった尻はホブルスカート(1)の下で悲鳴を上げている。ブルー染めのウールのぼろをガーターで留めてけずめとひずめの間までつけている。

(179-180, 二〇九—二一〇)

ベラックワのえげつない蔑みにもかかわらず、しつこくパーティに誘い続けるフリカに対し、彼は身を硬くして耳を貸さないでいると、突然あの古き友の奇蹟が怒濤のように押し寄せて、彼を苦痛から連れ去り、清澄な蠟引き布にくるんだ。

灰色、不実な天使のひしめくほの暗さへの下降と母胎化、さかさま、逆天の被昇天だった。しつこく思考へとつつかれる彼の精神に、ついに辺獄（リンボ）の静寂と怠惰が訪れ、意志につつかれずにぼんやりしていた。それは生きるという痒疹（ようしん）に軟膏の恵み、それは生きるという雄コマドリの水浴びだった。要するに彼は突然いとしいぬかるみに腿まではまり込んでいたのだった。

白い音楽の平面、表徴の同意欄を消し去ったねじれのない音楽、太陽を産まない静穏な夜明けの子宮、開けっぴろげの胸壁に日が昇って無知を生やすこともない、平穏平坦な白い音楽、無時間の光の祭服（アルバ）。それは眼の前に差し出された刃、岸に浮かぶ白絹の帆、無数の層と象徴を横断して引かれた冷静な自己表明、僕の眼と眼の奴隷である僕の脳にとっては安らぎの薄層であり、だらけた精神に盲目を通して自ら白と音楽を注ぎ込む。それは夜明けの箔、盲目の贈り物、嵩（かさ）が追放され精神が夜明けの箔の音楽と不倫に包まれる神秘、表面の事実である。幾層もの緞子（ダマスク）が溶けて極限の層、絹の刃へと引かれる。盲目で絹の刃となった僕の精神、盲目と音楽と白、僕の精神の事実の内の諸々の事実。優しさ（ドゥセール）。

（181-182, 二一一—二一二）

闇に脅かされた白い黄昏、虹彩に飲み込まれる白眼と黒い瞳。この白は辺獄の、天でも地でもなく、生でも死でもない猶予の時間というよりも無時間、時間の束縛から離れたどっちつかずの優しい安らぎの空白である。

その後間もなくベラックワはトワイライト・ヘラルド紙で彼の親しい相談相手だったC・ニコラス・ネモがリフィ川で溺死したという記事を、パブでギネスを飲んで狐とガチョウ・ゲーム(2)をやった帰り道に知った。ベラックワはその場の砂とプラムジュースのなかに両手両膝をついて沈み込んだ。ネモは自殺したのではなく、不運にも川に落ちて死んだのだと思われる。いつも身を乗り出して水面を見つめることに没頭していたから、無骨で大きな肉体の生のなかでバランスを失い水に落ちることは予想されていた。彼の唯一の所有物は最高級の素晴らしい無意志だった。ジョン・ピリングはネモを「ベラックワの分身（アルター・エゴ）でゆるぎない自己愛者（ナルシシスト）だ」

(20)と言ったが、ベラックワは黄昏の白い光のなかで窓辺に立つアルバの瞳に自分の顔が映らないのを見た。ネモはベラックワの分身というより身代りと言えるだろう。

男声ソプラノでアーメンと朗誦したベラックワは、智天使や熾天使のように天国の炎に包まれるのを感じ、この上なく肉体から解放された神の友となって心地よい状態を漂った。それは彼の最初の聖餐拝受のときの古い蒸発の感覚だった。その昔の感覚は同じようなノックで、来たときと同じように去ってしまい、「彼を空虚にし〔vacated〕、喪失状態にし〔bereft〕、彼の胸には虚ろな〔void〕場所と広大な無〔nothing〕を残していった」(185, 二一五)。

何年か後、ベラックワはこの恩寵について詳しく語り、「これほどひどい空虚〔emptiness〕の感覚、完全に空っぽにされたという感覚を味わったことはない」(185, 二一五)と断言した。

アルバとベラックワは秋の一日、海辺の彼ら二人のための特別区域のぬかるみで、葦やイグサに絡まれながらのらくらしている。二人は寄り添って大きな岩陰に横たわっている。二人はサンドイッチをめぐって争う二羽のカモメに魅了され、戯れに見とれる。この動きはベケットの演劇の原形のように思える。

カモメたちはだいなしになったサンドイッチを海岸に残して海の方へ飛び去った。すると気品のある横滑りで旋回し、眼にゴミの入ったときの瞼のように震えた。そして同時にスタートを切って、パンというゴールめざして降りてきた。次の瞬間パンは二羽の間、つまり二羽を結ぶ線の中心にあった。すると、パンをはさんで両極にある二羽は、柔いむき出しの脚でしゃちこばって円を描いて歩きだした。争いの種のサンドイッチの周りを回り始めたのだ。それはゲーム、愛のゲームだった。二羽は腹をすかしているのではない、夫婦なのだ。

（187, 二一八）

ベラックワは二羽のカモメがパンをめぐって急降下したり、図形を描いて歩き回るさまを芝居と見た。なにかをはさんで二人で演じるのがベケットの芝居の原形であることを考えると、ベケットはこのとき、風景のなかに将来の芝居の演戯の形式を無意識に想像していたことになる。旋回する二羽のカモメはベラックワの瞼で、カモメは自分たちの舞いを空から俯瞰している。そしてこの光景はベラックワの空白の精神のなかに下りてきたのである。

アルバはベラックワの手を見て、「あなたの手って最低だわ」と言う。ベラックワは両手を見て、「腫れ物だらけだ、どうしようもないよ」と言い、自分が神経質であることは認めて、「ほらポプラの葉みたいに震えてるよ。見てごらん。本物の震えだ」と言う。ベラックワは

「お酒を減らして、あまり考え込まないようになさい」と言われて、「僕は考え込んだりはしない。僕の精神は空白になる。考え込んだり内省したりするのとは違う。それは日常の精神の放棄で、日々のけばけばしさを排除する静寂と陰翳なんだ」（191, 二二一）と答える。この空白には記憶も空虚もなく、観念も理論もない。ベラックワはアルバにフリカからパーティに誘われたことを話す。

パーティの夜九時半、ベラックワは霧雨のなかリンカン・プレイスに立って、どの方角に行ったものか思案している。ボトルは一本持っている。酒に酔ってぼんやりし、歩くこともできないで「両手を持ち上げ、暗がりのなかでも掌のしわがわかるぐらい顔に近づけた」。カレッジの壁についた小さな入口の鴨居石に首を押しつけると、うなじの窪みにぴったり合わさった。両手の腹をぐいっと眼球に押しつけていると、「ふと両手が乱暴に眼から引き離された。眼を開けると大きく赤い、敵意に満ちた顔が見えた。〔……〕それは彼を罵っている警官の顔だった。ベラックワは眼を閉じた。それ以外に見ないですます方法はなかった。舗道の上に横になりたくてたまらなかった。彼は静かに、大量に吐いて、警官の靴とズボンにかかった。警官はベラックワの胸を激しく叩いたので〔……〕彼は吐いたものの上に膝をついて、警官が気晴らしに言う言葉を一つ一つ聞いた。彼は警官のコートの裾にすがって立ち上がった。〔……〕ベラックワは右手をコートで拭いて差し出したが、警官は唾を吐いた」(225, 二六二)。

この場面はこの小説の冒頭、ベラックワの「ガードルから上の恋人」スメラルディーナ＝リーマがピアノの勉強のためにウィーンへ向かい、もう帰ってはこないと宣言し、鉄アレイを使った体操のようにベレー帽を上下に振り動かしてカーライル埠頭から汽船で去って行ったあと、夜の霧雨の降るなか、支柱の上で背中を丸め、両手は膝の上で二枚のタラの死肉のようにねっとりとし、失恋の涙も痛みも涸れて疼痛に襲われていると、突然眼の前に粗野で頑固そうな波止場主が立って、「俺の波止場から出て行け」(7, 一四) と乱暴に言い、ペッと唾を吐いたのに対応している。ベケットはこの小説を書く前年の一九三一年、将来の輝かしいアカデミックな経歴が約束されていると見られた、トリニティ・カレッジ・ダブリンのフランス語講師の職を辞して、文筆で立つという冒険の人生の小さな入口に立っていたから、この嘔吐の場面は彼の決断と自嘲のイメージが重なっていたと見える。

今ベラックワはフリカのパーティに向かう途中、「バゴット・ストリート・ブリッジの最高点で止まり、ショート・コートと帽子をとって欄干の上にのせ、その横に腰を下ろした。警官のことは忘れていた。前屈みになって、耳が膝につき踵が欄干の上に来るまで片脚を曲げて、靴を脱ぎ、コートと帽子の横に置いた。そしてその脚を下げ、もう一方の脚についても同じことをくり返した。次に、そのとき吹いていた身を切るような北西の風をまともに受けるため、冷たく濡れた尻を軸にしてくるっと一回転した。両脚を運河の上にだらんと垂らすと、トラムが遠くのリーソン・ストリート・ブリッジのこぶをしゃっくりしながら渡ってゆくのが見えた」(227, 二六四)。

これはリフィ川で溺死したネモにつながる場面である。ネモはいつも身体を水の上に乗り出していた。ベラックワは水に落ちはしなかったが、その姿勢はダンテのベラックワに通じる。それは無意志の「空虚」、「広大な無」である。ベラックワは胸ポケットのボトルを思い出し、キュッと一口飲んですっきりする。こうしてパーティも終りに近づいた頃、ベラックワはびしょ濡れの姿でフリカの家のドアに到着する。フリカは「上唇がアヒルかコブラの嘲笑といった感じで震える鼻のほうへねじ曲がっている様子」で興奮し、「素っ裸になりなさい、いますぐ」と満足気に、ベラックワの一糸まとわぬ姿を想像して言った。

自分でも逃れ出たいずぶ濡れの醜い裸体のイメージをフリカの言葉 skin (皮膚) で返され、ベラックワはスメラルディーナ＝リーマについでフリカに二度目のレイプをされた。そのイメージにはリフィ川から引き上げられたネモの溺死体が重なっている。

この作品は一方では若いベケットが自分の生活を脚色したいという衝動と、他方では自分を人目から隠したいという切迫した気持の合わさったものだとジョン・ピリングは言った(20)。ここはその感情を見透かされ、本音を曝け出された場面である。ベラックワは人目から身を隠しながら、女の言葉で裸にされた。ベケットはこのときskinを三度使って、雨でずぶ濡れになったベラックワの屈辱感に念を押し、彼に(じつはベケット自身に)最終決断を迫ったのである。

パーティが終り、ベラックワはタクシーでアルバを家まで送り、家に上げてもらって暖炉で暖まり、ウィスキーを飲んだあと外へ出された。月も星もない、完全な暗黒と思えた。金の持ち合わせがなくなったのでベラックワは雨のなかを市街に向かって歩き出す。腹が痛み出し、ボールズ・ブリッジに着いたときには身体が二つ折れになって進めなくなる。橋の上の雨水の流れる舗道に座りこみ、欄干にもたれて痛みが引くのを待つ。膝のところにあるものを見ようとして眼鏡を振るい落とし、頭を下げて見つめると、思いもよらずそれは自分の手だった。両手をあちこち動かし、握ったり放したりして、細部を見ようと手に触れんばかりに近づけた弱い眼を引こうとした。しまいに指を一本ずつ伸ばして両手の平を上いっぱいに開くと、

彼のすが目から一インチの近さで嫌な臭いがしたが、眼鏡にも手にも興味がなくなり始め

ると、目はゆっくりと正常に戻った。両手で顔を覆おうとした途端、声がして、今度は怒りというよりも悲しみを帯びて、彼に先へ行けと言った。痛みはかなり引いていたので、彼は喜んでそうしようと思った。（241, 二七九）

この声（a voice）は波止場主の声でも警官の声でもない。神の声でも女の声でもない。ベラックワの内奥に聞こえた、他者の声とも心（the mind）の声ともつかぬもの。後のベケットの主人公には脳のなかからとも外からともなく声が聞こえ、それは記憶を喚び起こす声でもあれば、創作をうながす作者ベケットの内部の声でもある。W・B・イェイツが使った「心の眼」（the eye of the mind）は真実を透視する心眼であった。ベラックワは「精神の事実」、「盲目と音楽と白」を求めてしばしば両手で眼を押える。白い風景、灰色の光景、星のない暗黒に手掛かりを求める。ここでは家族たちというよりも、若い女たちとの幕が降ろされ、瞼を閉じられた女たちの悲しみの声ともとれるし、ダンテの『神曲』煉獄篇第二十七歌の終りで、最後の山を登る前に岸壁の下で一夜を過ごした翌朝、暁の光が闇を追い払うと、ウェルギリウスがダンテに向かって、「これからは私の言葉や私の合図を期待しないで、きみの自由意志の命ずるままに進みなさい」と言って別れを告げる場面を想起もさせる。

アルバに最低の手だと言われたベラックワに代わって、ベケットは後の作品でたびたび作品の内部に作者として、あるいは演出者として、また語り手として干渉する。この声はベケットの内奥に起こる声で、作品を書いている自分に対する指図である。肉体を超え、産まれる以前の胎児に還り、あるいは墓穴の死者にもなって、言葉で自分の心臓と頭脳を語れと促している。ベラックワのこぶだらけの震える、嫌な臭いのする手、他人のような手は、この小説が書かれた六年後の一九三八年に出版されたサルトルの『嘔吐』のなかで、主人公ロカンタンが図書館で知り合った独学者、オジエ・ペー……と朝の挨拶をして、見覚えのない顔、顔とも言えないようなものを十秒ほど眺めてから握った手を想わせる。

大きな白い蛆のような彼の手が私の手の中にあった。私はすぐにそれを放した。するとその腕は物憂げに垂れた。

サルトルの「不条理」と言われた手は外界の事象が日常の理解、名前と感覚を喪って、未知の異様な物体、醜い動物や虫に見えてくる経験を、嘔吐という生理現象で表現していた。ガリヴァーが未知の島国に上陸したとき、そこには空想的とはいえ一種の文明があったが、ロカンタンは人間界を否定する異界に降り立ったのである。手は腕で胴に繋がっているが、自由に曲がる手首のお陰で自分の掌と指を正面から、他者の手を見るように見ることができる。自分の顔に興味を失っても、鏡を使わずに、自分と相まみえることなく自分の顔を他者の顔のように、外在的に見る機会はない。ベラックワは自分の手にも、それに代表される自分の身体にも興味を失った。ベケットの芝居では言葉を喋る口もそれだけで空中に浮かんでいたりする（『わたしじゃない』*Not I*, 1973）。自分が子宮のなかにいるのか墓穴にいるのかもわからぬ主人公の身体は、解剖された器官の集合のように見られる。

ベケットはディケンズの文体を引きながらジョイスの文体を評して、言葉自体が生き物で、「眠る意味のときは言葉が眠り、踊る意味のときは言葉が踊る」（"Dante... Bruno. Vico.. Joyce"）と言ったが、ベケットの肉は言葉につきまとって裏打ちし、言葉は肉から身を離して自立し、歌う声よりも言葉の音素となって這い進もうとしながら、腹の肉＝泥から逃れられず、そのなかでのたうちながら、肺から漏れるかすかな単語の音、脳に点滅するイメージの断片に生の証しを求めようとした。それはダンテが追求した天国のベアトリーチェの黄金の至福ではない。暗闇の、墓穴の入口の、赤ん坊の産声と死者の吐息を含む溜息である。

ジョイスの「死者たち」の最後ではアイルランド全土、平野にも沼地にも川にも雪が降るが、ベケットは雨で、ジョイスにならってアイルランドに一様に侘しく降る。雨はアイルランドの魅力の一部だと言う。しかしジョイスの雪はかつて主人公の妻に想いを寄せた若者の墓の上に降るが、ベケットの雨は主人公ベラックワの身体の上に降る。

ジョイスの『若い芸術家の肖像』の最後で、主人公スティーヴン・ディーダラスは生活や芸術の様式で自分を自由に表現するために、家庭と祖国と教会を捨てることを決心するが、ベケットは女の肉体を超え、自分の身体の条件を引き摺りながら、言葉による表現を決心するようにと暗示する「声」に従ったのである。

ブリュノ・クレマンは『垂直の声』のなかでベケットの『事の次第』を論じて、モーリス・ブランショが「ところでこれは何の声?」と自問するのを捉えて、そこで問題となっている「見せ、かつ聞かせる声」の人類学的な定式化に注目している。クレマンはプロソポペイア(仮面、擬人)的な形象は内的と言っても外的と言ってもあてはまる空間のなかに位置づけられる(悲観的な恍惚はどちらかと言えば内部の「イメージ」を、ニーチェがはっきりと外部だと述べている「ヴィジョン」に変形する過程である)と述べ、ニーチェの『悲劇の誕生』(第八節)を引用して、われわれはギリシア悲劇をディオニュソス的合唱隊として理解しなければならない。この合唱隊が繰り返し新たに一つのアポロン的な形象世界として爆発するのである。悲劇に至るところ編み込まれているかの合唱隊の部分はそれゆえ、いわゆる対話なるもの全体の、すなわち舞台の世界全体の、本来の演劇の、いわゆる母胎である。（一九九、傍点引用者）

『名づけえぬもの』のなかで、語り手が「自分は言語の世界へ産み落とされた」と述べるところがある。肉のなかから言語の意味する広い世界へ誕生したというのである。『並には勝る女たちの夢』はまさに若いベケットが母胎の肉のなかから言語の世界へ出立する船出の作品であって、「先へ行け」という「声」が聞こえたのは、合唱ではないが、ベラックワの内なる声が、確信の声のヴィジョンとなって外から聞こえたのである。そこはこの「劇」の母胎の出口であったのだ。

【注】

（1）　ひざより裾の方が狭いスカート。歩くとよちよちした感じになる。一九一〇—一四年に流行。

（2）　Fox and geese. 盤の上で木栓や駒などを使ってするゲーム。

［参考文献］

Samuel Beckett, *Dream of Fair to Middling Women*, Dublin: The Black Cat Press, 1992.（サミュエル・ベケット『並には勝る女たちの夢』田尻芳樹訳、白水社、一九九五）

——, *Le Dépeupleur*, Paris: Les Editions de Minuit, 1970. "The Lost Ones," in *Collected Shorter Prose 1945-1980*, London: John Calder, 1984.（「人べらし役」安堂信也訳、『サミュエル・ベケット短編集』白水社、一九七二）

——, *Proust*, London: Chatto and Windus, 1931.（『プルースト』大貫三郎訳、せりか書房、一九七〇）

——, *Worstward Ho*, London: John Calder, 1983.（「さいあくじょうどへほい」近藤耕人訳、『ユリイカ』一九九六年二月号）

——, "Dante... Bruno. Vico.. Joyce," in *Disjecta: Miscellaneous Writings and a Dramatic Fragment*, ed. Ruby Cohn, London: John Calder, 1983.

——, *Not I*, London: Faber and Faber, 1973. *Oh les beaux jours suivi pas moi*, Paris: Les Editions de Minuit, 1975.（「わたしじゃない」高橋康也訳、『ベケット戯曲全集3』白水社、一九八六）

——, *L'Innommable*, Paris: Les Editions de Minuit, 1953. *The Unnamable*, New York: Grove Press, 1958.（『名づけえぬもの』安藤元雄訳、白水社、一九七〇）

——, *Comment c'est*, Paris: Les Editions de Minuit, 1961. *How It Is*, New York: Grove Press, 1964.（『事の次第』片山昇訳、白水社、一九七二）

——, *The Letters of Samuel Beckett 1929-1940*, eds. Martha Dow Fehsenfeld and Lois More Overbeck, Cambridge:

Cambridge UP, 2009.
James Joyce, "The Dead," in *Dubliners*, Penguin Modern Classics, 2000.（ジェイムズ・ジョイス「死者たち」、『ダブリンの市民』結城秀雄訳、岩波文庫、二〇〇四）
——, *A Portrait of the Artist as a Young Man*, Penguin Books, 1960, 1973.（ジェイムズ・ジョイス『若い芸術家の肖像』大澤正佳訳、岩波文庫、二〇〇七）
James Knowlson and John Pilling, *Frescoes of the Skull: The later prose and drama of Samuel Beckett*, London: John Calder, 1979.
John Pilling, *Beckett before Godot*, Cambridge: Cambridge UP, 1997.
Bruno Clement, *La Voix vertical*, Paris: Editions Belin, 2013.（ブリュノ・クレマン『垂直の声』郷原佳以訳、水声社、二〇一六）
ニーチェ『悲劇の誕生』（ニーチェ全集、第一巻）白水社、一九七九。

第八章

フランシス・ベーコンの写真と絵画のイメージ

フランシス・ベーコン（一九〇九―一九九二）はしばしばサミュエル・ベケットに比較される。舞台の上のアスレチックな曲芸師のような姿態の人物像と、岩陰にうずくまる無言のベラックワのような人物とは、ひとりでいるところは似ているようでもある。じっさいベケットには赤い唇の口だけを黒幕の上部に見せて語る芝居（*Not I,*『わたしじゃない』）があり、ベーコンも獣のような白い歯を剝き出して開いた口や、暗闇で叫ぶ口を描いているが、ベケットの口は過去の述懐であるのに対して、ベーコンは空（くう）に向かって吠えている。怒りとも絶望とも、上部の世界への憧憬ともとれるが、それは観者の勝手な解釈で、ベーコンはただの空な叫びを描いている。それは内なる力の発現で、意味のある声なき叫びというわけではない。アスリートの姿態が美しかろうと、それが意味を表現しているわけではない。ベーコンの人物は無言で、無理な格好に捩(よ)じれた姿態は演技として美しいものではなく、自然な体形を歪め、捻り、自分から逃れ出ようとしているようにも見える。苦痛に呻き、嘔吐して身を裏返し、ロープがもつれて内側にめり込む姿に見える。官能、歓喜、悲嘆などの姿からはほど遠く、それこそ名づけられぬ形姿で、彫刻家が木台の上の粘土でも造らないようなフォルムを構成している。むしろピカソが軽やかなドローイングで性の歓喜や戦争の残酷を描いた図像を、粘土や鉛の板や汚れた皮か布で覆った立体像とも見える。

ドゥルーズはベケットとベーコンを比較して次のように述べている。

> ベケットの作中**人物**とベーコンの**人物像**に共通する絵(タブロー)、同じアイルランド、円形、孤立させるもの、人べらし役〔Le Dépeupleur. The Lost ones〕、円形の中での一連の筋肉拘攣と麻痺、白昼夢遊病者のちょっとした散歩、感じ、見、さらに語る目撃者の臨在、身体が自分から逃れる、つまり人体(オルガニスム)を逃れる方法……。彼はO形に開いた口から、肛門や腸から、喉から、また洗面台の円口や雨傘の先端から逃れ出る。器官なき身体の現前、器官の

再現描出（ルプレザンタシオン）から見た過渡的な諸器官の現前。ベーコンの**人物像**は服を着ていても鏡やカンヴァスに自分を裸で見る。筋肉拘攣や感覚過敏症は、きれいに拭われ、しわくちゃにされた領域で示され、無感覚症や麻痺は（一九七二年の細やかに描かれた三枚組絵にみられるように）欠落した領域で示されることが多い。そしてとくに、ベーコンの「手法」はすべて、先手と後手で行われていることが分かるだろう。絵がまだ始まっていない内に起こること、しかしまた終わった後に起こること、毎回仕事を断ち、造形（フィギュラシオン）の流れを中断させ、それでいてその後また始めることになる履歴現象（ヒステレシス）……。

（51-52, 四八）

ベーコン自身はシルヴェスターに、「人はいろいろ性的な意味合いがあると言うけれど、ぼくはいつも口と歯のじっさいの見た目に取りつかれていたんだ、今はないだろうけど、ある時期強烈に惹かれていたんだ、口からくるぎらついた色にね、モネが夕陽を描いたみたいに口を描けたらいいというふうにいつも思ってた」（48-49）と言って、いかにも画家らしく色と形に惹かれていたようだが、そうはいっても口は人体の公開された出入口で、欲望の出入口だけでなく、人間の外と内の境いであり、表と裏、精神の働きと力である言葉とそれを聞こえるものにする、あるいは具象化する肉の公開された接面である。頭の内部を見ることはできないが、口腔、息と言葉の通り道を覗くことはできる。そこは人間の身体の内部を他人が深く見ることのできる孔である。見るとそれは肉の一部であるが、その見えない暗い奥から、その肉が生む言葉が発出され、外気に消えていく。

サルトルの「嘔吐」は、「私」がカフェで突然日常の世界感覚に異常をきたし、自分が自分でなくなる契機の表徴に過ぎない。「私は腰掛けの上に倒れた。じぶんがもうどこにいるのかさえ分からなかった。私は周囲をいろんな色彩が緩やかに渦を巻いて流れるのを眺めていた。私は嘔きたかった」(二六)。

世界は色彩の渦になり、「私」は漂うが、それは視覚的で、私自身の内と外が入れ替わるような、キュビスティックな転換の経験ではなく、軽いめまいで、身体が海の波にもまれているような体験である。しかし主人公はそこで日常世界が安定した秩序を失ったことを知る。

ベーコンはミシェル・アルシャンボーに、ベケットはベーコンの作品をそのまま文学にしたようなものだと言われているがと訊かれると驚いて、「ぼくはアイルランド人だとは言えないよ。ダブリンの生まれで、アイルランドにはいろいろ愛着があるのはたしかだよ。法螺の吹き方だけでもね。この国にはとても偉大な作家が、とくにシングとかイェイツとか偉大な詩人がいて、ぼくはきっとこれらのアイルランド人と絶望的な熱狂というものをある程度共有しているんだろうな。それに子供時代、アイルランドで暮らしていた頃のいくつかの思い出はいまだに忘れられない。でも両親はイングランド人だし、子供の頃はイングランドとアイルランドを行ったり来たりしていたんだ。ベケットの方が僕よりずっとアイルランド暮らしが長かったと思うんだけど」（九二―九三）と話している。

ドゥルーズはベーコンの〈洗面台の人物〉（一九七六）という、湯と水の二つの蛇口を両手でつかみ、白い陶器の洗面台に坊主頭を突っ込んで必死の格好をしている裸体の男について、

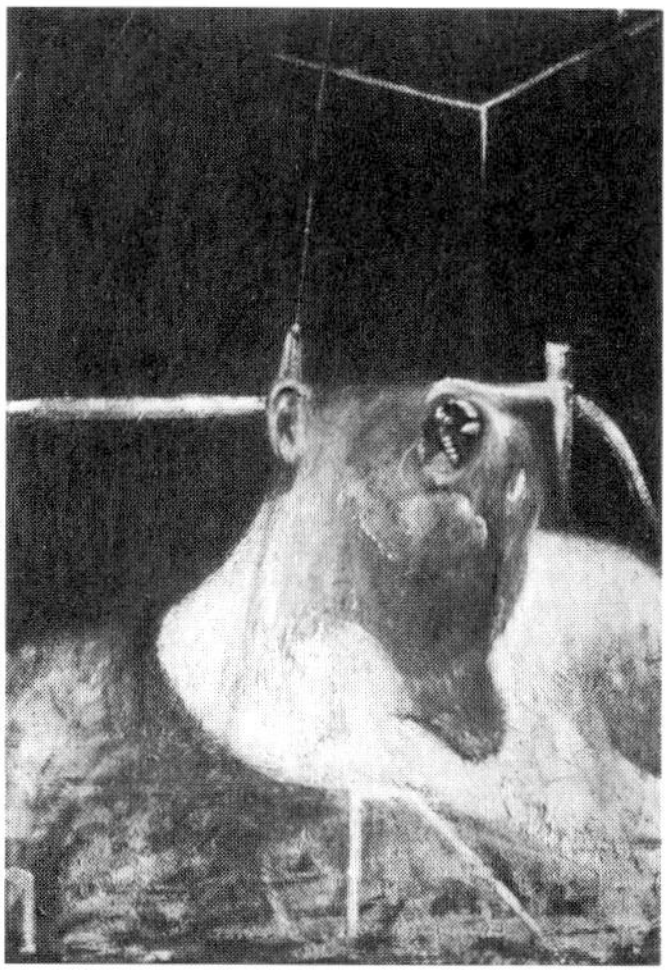

フランシス・ベーコン，〈頭部Ⅰ〉，1948年，油彩・テンペラ・板，103×75cm，ニューヨーク，リチャード・S・ザイスラー

洗面台の底に描かれた黒い小さな孔を目がけて、「身体自体がまさに脱出しようとしている。なんとかして……。要するに一種の痙攣である。すなわち血管や神経の叢としての身体、そして痙攣への身体のこの努力あるいは期待、ベーコンによれば、おそらく恐怖と汚辱の近似値であろう」（23, 一六）と論じている。ベーコンの描く人物の姿態が、アスリートの伸び伸びとした美しい肉体のフォームというよりも、衝動的に捩じれた苦痛の発作とも言える形態をとっているのを、ドゥルーズは痙攣と称して、それはすべて、「情交、嘔吐、排泄といった類のものであり、結局それは常に身体、それも自らの器官のいずれかを手だてにして逃れ出、平面に、つまり物質的（マテリエル）質量的構造に再び加わろうとする身体のそれである。〔……〕そしてベーコンの叫び、それは、身体全体が口を通って逃れ出るための作戦であり、すべて身体を押し出す力である」（24, 一六―一七）と言う。

ベケットの出産

ベーコン自身は否定しただろうが、小さな口から必死で脱出するというイメージはまさに出産である。ベケットは『並には勝る女たちの夢』で、先に述べたように嘔吐に当たる場面を三度描いて、自己の身体からの脱出と、言語の世界――それはベケットにとっては墓穴、地獄の闇――への流出でもあり、過去の物語（イメージ）――ベーコンにあっては説明（イラストレーション）――の否定への出立の陣痛を表現していた。それはベケットの単音節の言葉の息吹の探求であった。

主人公のベラックワは、泥から掬い上げたようなスメラルディーナ＝リーマの、ガードルから上だけに恋したのだが、彼女はピアノの勉強のためと言ってウィーンに向かい、船がダン・レアリー港の埠頭から出航してしまうと、

夜の霧雨が降るなか、彼は支柱の上で背中を丸め、この奇妙なやり方で涙のほとばしりをむり強（じ）いしたりくい止めたりしつづけた。両手は、膝の上で二枚のタラの死肉のようにねっとりとしていた。〔……〕

彼の心は両手に対して、いつまでも膝の上でじっとりぶよぶよしていないで、ちょっと痙攣を起こしてみよ、と命じた。手はただちにそれに従った。ところが彼を残して去った娘を想って二、三滴の涙を汲み出せとみずからに命じると、心は言うことをきかないのだった。それはかなり憂鬱な疼痛だった。

（4-7, 一二）

ベラックワは家に帰ってベッドに入ると、憂鬱の果てにアダムの息子であるという自覚が湧いて、ガードルの上だけの娘との恋からは卒業しようという意志を固めるのである。

ベラックワが二度目に自分の身体の孔から体内のものを排出するのは作品の終りに近く、女友達フリカの家のパーティに向かって雨のなかを逡巡しながら近づいていく途中、カレッジの石壁についた小さな入口にもたれかかる。両手を持ち上げ、暗がりでも掌のしわがわかるぐらい顔に近づけていると、両手が眼から無造作に引き離される。眼を開けると大きく赤い、険しい顔が見え、それは彼を罵っている警官の顔だった。彼は静かに、大量に吐いた。それは警官の靴とズボンにかかった。「俺の靴を拭いてくれ」と警官は言った。

三度目は彼がバゴット・ストリート・ブリッジの最高点で止まり、ショート・コートと帽子をとって欄干の上にのせ、その横に腰を下ろし、雨が剝き出しにした胸と腹を打って流れ、自分自身に別れを告げ、冷たい掌で胸をぼんやり打ったときのことである。(225-228, 二六二―二六五)

絵では一目瞭然のことを文章にすると長くなる。作家本人が無言であることには変わりがなく、ただ絵具を引いた筋の代わりに言葉の行が並んでいるだけだ。言葉から見えるものはない。人も世界も動いており、暗がりでも掌のしわは見えるが、ここでは裸になった胸の白い肌も骨の筋も見えない。作者の眼は作中人物の眼に同化して、自分の衣服は見えても身体は見えないようだ。

この小説の最後のページは前章の終りに引用した。膝のところにあるあれは何だろうと頭を下げて見つめると、「それは自分の手だった」、「両手は嫌な臭いがした」、「両手で顔を覆おうとしたとたん、声がして――〔……〕先へ行くように命じた」。冒頭の波止場主も、トリニティ・カレッジの石壁の警官も、この不明の声も、ベラックワに今の場所から去るように言う。ベラックワはその度に喜んで従う。ベラックワは自分の身体から逃れようとしている。リフィ川に飛び込んだネモという男の行動を半ば羨んでいるように見える。肉体をもてあまし、そこから脱出し、子宮の外へ、そして墓穴のなかの闇の言葉を希求しているようである。それは生の言葉であるのか。しかし物語の言葉、ベーコンがいう説明でないことはたしかである。自分の手が他者の手のように、物のように感じるところはサルトルの不条理に通じるものがあるが、その手は独学者の手でもドアのノブでもなく、自分の手なのである。

自分の手が自分の身体の一部ではなく、獣にも共通する一般的な肉と見えたり思えたりするとき、「わたし」はなにものであり、どこにあるのであろうか。

タフな調教師

ジェイムズ一世の大法官であったフランシス・ベーコン（一五六一―一六二六）の子孫であると言われるベーコンは、イングランド人を両親に一九〇九年ダブリンで生まれた。彼が育ったジョージア王朝様式の邸宅のあるロウワー・バゴット・ストリートはスティーヴンズ・グリーン公園やシェルボーン・ホテルの近くであり、オスカー・ワイルドが生まれたメリオン・スクエアも近い優雅な一画である。彼の父親エドワード・アンソニー・モーティマ・ベーコンは英国軍の少佐だったが、後に競走馬の厩舎を経営するためにアイルランドへ渡った。この父親は軟弱でぜんそく持ちの幼い息子をアイルランド人の馬丁たちに馬用の笞で打ちすえさせていたらしいと、ダニエル・ファーソンは『フランシス・ベイコン――肉塊の孤独』のなかで書いている（二六）。ベーコンにとって父親は恐怖の対象であって、彼の描く絵に影を落としているらしい。ホモセクシュアリティの性質をもちながらも、馬の飼育場でたっぷり性の真実を教えられた。一方で、父親の親友のタフな調教師の保護下に置かれ、十七歳頃ベルリンに連れて行かれて、家族から離れた自由の身で、日々バーやキャバレーをはしごして回った。

アンドリュー・シンクレアによると、彼の祖母の夫のウォルター・ロレイン・ベルは動物に対して残酷な仕打ちをし、猟犬に血の臭いを覚えさせるために、猫を何匹も袋に詰め込んで犬に投げ与え、袋を引っ掻く猫の爪が袋から覗くとその爪を切り落としたという。第二次大戦時のドイツ空軍の空爆に備える灯火管制下の闇のロンドンのすさまじい同性異性の肉のもつれ合い――暗い歩道、公衆便所、地下鉄、バーがゲイたちのたまり場になった有様は厩舎の馬のもつれ合いの比ではなかった。アイルランドの肉屋の店頭には豚が丸ごと下げられ、市場には豚や牛の頭が並び、コンクリートのタブには牛の長い腸がとぐろを巻いていた。

絵から食み出る肉

私が最初にベーコンの絵を見たのは一九七三年、ロンドンのテート・ギャラリーのフロアに低く並べてあり、色の肉の影というよりも、描かれた人物の肉体の下方がカンヴァスから床に食(は)み出ているのを足が感じて、思わず避(よ)けて歩いた感覚を今でも脚が覚えている。影なら踏んでもいいが、色の肉が足に触れようとするので、踏まないように歩いた。描かれた物がカンヴァスの外へ、眼だましではなく、射している光でもなく、実体として伸びてくるという感覚は初めてだった。平面に描かれた物が、ベッドに寝ていた人が毛布の下から起き上がるように膨らんでくる。モグラが土を持ち上げるような感覚、静物が内部で生命を持ち始める。思いがけない生命は人を震撼させる。

　カンヴァスの色彩と形が図像ではなく絵の肉として額縁から身を乗り出し、私の身体に干渉しようとするのは絵画の「存在」体験で、観者の私に身体の顫(ふる)え——肉の自意識を目覚めさせる。線描が文字記号のように私の脳に意味と思考を促すのではなく、皮膚を裂かれた腹から内臓があふれ出るように絵画の肉が露出するのは、秩序ある物を壊してなかに収まっているものを取り出すことである。そこにはメルロ＝ポンティが存在を語るときの、手袋を裏返して生地の表裏の連続性を説くのとは違う断絶があり、切断、内と外の転換、裏切りがある。美しい仮面とその下に隠れた素顔との間には表面と裏面の連続性はなく、仮面は素面に被せた他面である。内臓は皮膚の裏面ではなく、それが包み隠している内部の実体で、紙に描かれた解剖図に似てはいても、薄い平面ではなく、内から膨らみ、艶やかに濡れて光る脈打つ肉である。

　ベーコンの絵は油彩の平面であるが、そこに描かれた床面は観者の立つ床面に伸びてくる。彼のスタジオの床に散乱、堆積した画材、筆、道具がそのまま乱雑な大パレットにも見えるのと同じである。肉感的なベーコンはその中央に立って描く。彫刻や立体作品はその内部の肉が食み出して床に流れ出ることはない。アンセルム・キーファーが動物の死骸を使ったインスタレーションで、立体が呼吸していると感じさせることがあっても、立体の内と外が交流して見えるのは、牛の頭の死骸の内部から舞い上がる無数の蠅のためである。交通事故で死んだバイクのドライバーの身体から流れ出た血溜まりを、赤いウレタンをフロアに拡げて表現しても、それは擬態である。立体の肉が流れ出たのではなく、別の物質をつなげて置いたものである。ウッチェルロの〈洪水〉のフレスコで、ノアの方舟が人物とともに強風に煽られて眼に迫ってくるのは遠近法のためだけではない。マンテーニャのキリストが死んでも生きているのは、その睨んだ眼と突き出された足の裏の皮膚の皺が死体から乗り出してくるからである。ベラスケスのマルガリータ王女の巨大なスカートは、絵画の大きな画布が王女のスカートとなって着用され、観者の眼をいっぱいに塞ぎ、頬に触れんばかりに迫ってくる。ベルニーニの白大理石像〈ペルセポネーを誘惑するプルートン〉は、プルートン、つまりハーデースの手がつかんだペルセポネーの腿の白い肉がハーデースの指の下で柔らかくくぼんで、温もりをも感じさせる生なましい彫像だが、それはまさに完璧な造形である。しかしカラヴァッジョの躍動する人物画像からは、汗と臭い、息と声が、肉から発散して観る者にかかってくる。石や木の彫像のように内に抑えているのではなく、言葉が皮膚の牢獄の内側から無言のままに発せられるのを肉付けする画像になっている。肉が言葉となって観者を打ってくる。演劇とは本来そうしたもので、舞台の上から、肉体に裏付けされた科白が演技とともに客席に投げかけられるのだが、大きな額縁のなかで、対面する映画というよりも遠くに眺める絵のようにしつらえられ、演ぜられる。言葉は聞こえるが、多くは頭から語られ、言葉の肉が客席に迫ってくることはなかなかない。

痙攣する内臓

まだ立って歩けない幼児のような、蛹(さなぎ)から抜け出た成虫のような、土方巽らが創始した日本の暗黒舞踏は、痙攣する肉体、ひきつける手足の原初の姿態を反復して観客を裸にしようとしたが、その源泉の一つがベーコンであったことは注目すべきことだ。土方は「ベーコン初稿」と題した自筆の舞踏譜のようなノートを残していて、「内臓の骨格に偏執的にかかわる」とか、「全身的な軽い省略と線〈ブレタ衣装〉」といった言葉がある（『フランシス・ベーコン展』東京国立近代美術館、二〇一三、一一〇）。

身体が記憶する

記憶は頭から腰に下りていくにつれてその質は一層身体的になる。意味的記憶からより肉的、本能的、直感的な性質に移る。頭のなかでも視覚の図的、あるいは言葉の分節的な記憶よりも、鼻や舌の、嗅覚や味覚のほうがより身体的、接触的、つまり原始的である。音は距離があるが、色や光よりも物質的世界のなかで純粋な知覚の記憶になる。プルーストはその記憶に乗って失われた時を取り戻した。私はローマのヴィットリオ・エマヌエーレ二世広場の前にあるホテル・ナポレオンを十年ぶりに訪れたことがある。狭い入口のレセプションの前を通って階段の手前で右のロビーの方へ曲がろうとしたとき、階段の脇の中世の戦士風の小さな木彫が片手を挙げていて、その手が私の左の腰に届きそうになる気配を私の腰が記憶していたことに気がついた。その像がそこにあったこともその姿も忘れていた。心持ち身構える腰の神経の軽い緊張感がふと蘇ったのである。それからさらに三十年経った今、戦士の顔も鎧も忘れてしまったが、その伸ばした手の気配は私の左の腰の辺りに記憶されている。それは外部の物の知覚の記憶というよりは、私の身体の反応の記憶であるから、肉の記憶と言ってもよい。

絵画は写真や映画よりも物質的ではあるが、額縁やカンヴァスの表面から抜け出ることはない。彫刻も美術館の展示フロアでなく生活空間にあれば、視覚的と同時に空間的気配として記憶されるだろう。

ベーコンの絵は写真や印刷を基にしたものがあるとはいえ図柄は幾何学的空間的で、キュビストの線と輪郭の歪みに通じるものがあるが、その線は肉付けされて、軟体動物のように、練りゴムのように曲がっているので、彫刻や立体よりも観者の肉が同調して伸びる。室内の広いフロアは舞台を想わせ、演劇的で、暗黒舞踏に通じて身体を外部へ実現するというより自らの内部へ潜り込もうとして、苦痛と逃避、あるいは自己に対する暴力を表しているように見える。さりとて狂気の姿態ではなく、また日常自然に経験する姿勢でもなく、解釈を超えているところに、見えながら見えない人間の暗い欲望、衝動を感じさせるのである。

ドガの〈浴後、体を拭く女〉

ベーコンはデヴィッド・シルヴェスターとの対話で、ロンドンのナショナル・ギャラリーにあるドガのパステル画〈浴後、体を拭く女〉（一八九〇―一九九五頃）について語り、「背骨の一番上が皮膚から突き出さんばかりに見えるだろう。それをしっかりつかんで捻っているから、背骨を頸まで自然に描いた場合より、体のほかの部分も弱々しい感じを与えるのさ。［……］ふと肉だけでなく骨も意識するようになるから、見事な絵になるんだ。ふつうは彼は骨を覆って描いていた。僕の場合はこういうものはたしかにX線写真の影響を受けているのさ」(46-47)と話している。ドガ自身がバレエの踊り子たちの写真を基に描いた。いわゆる絵らしいポーズでなく、踊る姿のほかに、入浴や休息中のさまざまな姿態をいろいろなアングルから描いた。ドガは絵のために準備された場所とポーズではなく、動く情景をカメラのファインダーのフレームのように切り取り、人物が半身切られてもそのまま描いた絵は、今日の写真映像に通じて、偶然の視野のリアリティを生かして描出する。ピカソも多くの写真を集めて、セザンヌの絵の色彩面よりも写真映像の組み合わせから、キュビスムの立体構成を創出したとも見える。ベーコンはピカソに大いに触発されて、彼の回転する人物の顔や身体はアイルランドの肉屋の店頭ばかりでなく、ピカソのキュビスムからヒントを得たと思われることも多いが、彼の絵の歪曲は骨や輪郭線のデフォルメよりも肉の捻れで、たんなる皮膚や器官の図形的移動ではなく、動画を圧縮し、停止させせた点景である。

〈走る犬のための習作〉

ベーコンの〈走る犬のための習作〉（*Study for a Running Dog*，一九五四、油彩・カンヴァス、ワシントン・ナショナル・ギャラリー）は彼の作品のなかで、人物を含めてもっとも実在感のある、動く生物体の絵である。捩じれた図解的な人物像よりも自然な運動体である。斜めの暗い舗道の、自分の体の幅ほどの側溝の脇を早足で右方向に歩いてくる、ぶれた毛並みの頭、背、脚、尾の暗灰色の像で、光が背と尻を照らして薄いピンクに染まっている。背と尻の輪郭が繊細な毛並みになっており、肩はすっきりとした円弧を描き、耳と眼、鼻、口は闇に半ば溶けて二重になりながら前方へ進み、唇だけうっすらと赤味が差している。道の縁の白い線と路面の焦げ茶の線は犬の体を貫通して、歩く脚はX線写真のように半透明の映像になり、路面のわずか上部を飛んでいるようにも見える。体のヴォリュームはしみ出す色の影となって、路面よりも側溝の金属蓋の桟の上にぼんやりと降りて、犬は薄闇を進むにつれて実像から暗い絵具の影像になろうとしている。柔らかく動くウールの塊はグロッシーな印画紙では描出できず、筆の毛先で布地に浮き立たせる闇と色の境いにわずかに光が当たることで実現している。犬は写真と絵画の間を進みながら、両者を融合するヴィジョンに変貌し、意識の描出に近づいている。

〈人体からの習作〉

〈人体からの習作〉（*Study from the Human Body*, 一九四九、油彩・カンヴァス、メルボルン・ヴィクトリア・ナショナル・ギャラリー）も対象物とそれを描く油彩との間をイメージが移動

フランシス・ベーコン,〈人体からの習作〉, 1949年, 油彩・カンヴァス, 147×134.2 cm, メルボルン・ヴィクトリア・ナショナル・ギャラリー　

する。ベーコンの物のヴィジョンと彼が描こうとする物のイメージの溶融である。犬が走る夜の舗道の光と影の走線のように、裸体の男の背中を両側から挟んで垣間見せる透明のビニールのカーテンの襞とも、シャワーの落下する水とも、また閉じようとする瞼とも見える、ピンクグレイの縦縞の画像である。ルイジ・フィカッチはそれを「人間の幻想的リアリズムの効果」と述べている（*Bacon*, 21）。落水のようなカーテンは皮膚と重なり、半ば溶け入り、俯き加減の男の肩と右腕が淡いピンクに明るんでいる。ビニール様のカーテンの襞は絵具の襞でもあり、薄く水平にも横切り、頭の上に見える部屋の奥は暗闇である。

〈二人の人物〉

マイブリッジ（一八三〇―一九〇四）の〈運動する人物〉（*The Human Figure in Motion*）の写真を基に描いた〈二人の人物〉（*Two Figures*, 一九五三、油彩・カンヴァス、個人蔵）はモノクロに近い絵で、白いシーツを掛けたダブルベッドの上で上向きに寝ている男を、もう一人の男がまたがって抱くような恰好をしている。マイブリッジはさまざまに運動する人体の姿態を記録する連続撮影を行ったが人物の顔には無関心で、正面の表情は写っていない。もとの写真とは違ってベーコンは二人の顔を描き、下の男は口を開いて上下の歯を見せており、上の男も下の男に向かって話しかけているように見える。この絵にも人体の周囲に紺茶のビロードのようなカーテンの襞が下がっている。炭坑から上がってきた労務者の身体に石灰をなすりつけたような二人の人体、白絵具を縦横にこすりつけたシーツ、そしてこれにも部屋の空間を示すように立方体の白い輪郭線が引かれてある。マイブリッジの写真は二人の裸の男がレスリングの恰好で組み合うポーズを記録し、写っている二人の感情も撮影者の意識も不在の記録だが、べ

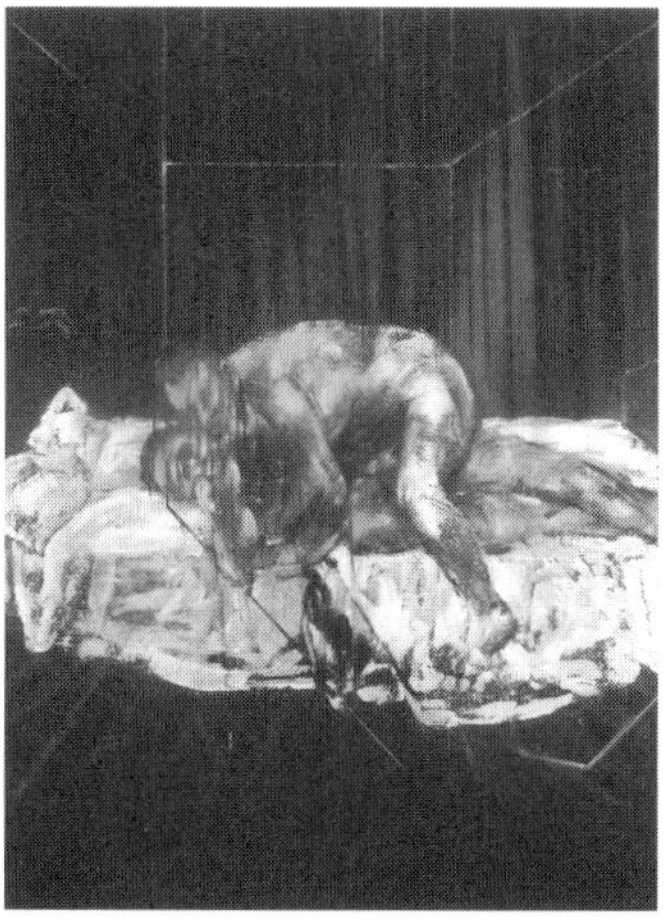

フランシス・ベーコン，〈二人の人物〉，1953年，油彩・カンヴァス，152.5×116.5 cm，個人蔵　

ーコンの二人には感情の交換が描かれ、太った胴体と脚、膨らんだ腹、ずんぐり円みを帯びた背と腰、尻の曲線は動物の姿態を思わせる。モデルが画家の指示に従ってソファやベッドの上でポーズをとったものではなく、もとの記録写真はただのヒントである。二人の姿態はベーコンの頭のなかのイメージから布の上に現出したもので、裸体の上にも半透明のカーテンの襞が瞼のように垂れている。この筆のタッチが肉体を写真の感光膜よりもリアルにカンヴァスに表出するわけは、マイブリッジの連続写真〈動いている動物〉が基になった〈犬〉の絵と同じく、ベーコンが眼の前の犬や人間を描くのではなく、その写真にヒントを得て頭と指先の間に浮かぶヴィジョンから描いたものであるからだ。肉が内部で熱して動き出そうとしている。絵具が膨らみ食み出そうとするのを外から押さえている。変身しようとする蛹のように、波打って呼吸している。

ルイジ・フィカッチの『ベーコン』(*Bacon*)のカバーの内側にベーコンの銘句が付されている。

僕は自分の絵が、人間がその間を通っていった蛇のように、あとに人間がそこにいたという跡を、過ぎた出来事の記憶の痕跡を残しているというふうにしたいのだ。蛇が粘液を残していくみたいに。

フィカッチは写真という媒体が対象を中性化する特徴によって、再生された現実の被写体からリアリティを奪ってしまうことがあると述べた後で、「ベーコンが写真で一番気に入っているのはその表面の流動性、その限界、事物の表面の下に入れない無能さだった」（84）と書いている。ベーコンの人物像がアニメのように明快な線で輪郭づけられている一方で、その皮膚が剝がされて、体液に濡れた内臓が剝き出されてあるように生なましく息づいて見えるのは、シャワーの水のような、カーテンの襞のような油彩の線とともに、「表面の流動性」をカンヴァスの上に実現しようとしたせいでもあるだろう。

〈砂丘〉

〈砂丘〉（*Sand Dune*, 一九八三、油彩・パステル・カンヴァス、リッヒェン／バーゼル、バイエラー財団）はもっとも異様な画像である。赤い背面と床面を背景として、アクリル風箱のなかの下半分にあちこち大きく腫れた胴体のようなものが、入っているというよりも描かれている。透明な箱の背部二面はブルー、そこに斜めに横たわる、くっきりと赤味を帯びたブルーの波状の輪郭が描かれたものが砂丘と名づけられている。淡いベージュ、赤、紺、黒がぼんやりと凹凸をなしており、下方に一つ、口とも陰部とも見える窪みがあり、そのほかにもかすかに唇とも眼鼻とも見える茶色の斑点がある。暗い窪みは腋（わき）とも股とも見える影で、上端に草のような赤い茂みがあるのが唯一自然の風景を想わせる。砂丘といいながら人間の胴体に見える色と膨らみと、冷たいゴムとも硬いプラスチックとも違う、温もりを発散している表面と、わずかなあいまいな印に、自然にも動物の皮にもない得体の知れなさがある。人体の表面は形のある臓器よりも定めのつかぬ様相を示すことがある。こういう物ともつかぬ弾力のある生命体に見える「もの」を描いた画家はいない。たとえ非具象的な、あるいは超現実的な線や面、また物体らしきものを描いても、見ればそれらはあるジャンルに属する材質や画像と判断できて観者は安心する。このアブストラクトでもシュルレアリスティックでもない、自然のように見えて自然ではないグロテスクさは、いかがわしい物体や死体を見たときの観者の平常心の転覆に通じる。それは安全な日常感覚の裂け目で、隠れていた存在が露出され、皮膚に覆われて見えなかった実体が曝け出される経験である。それはベーコンの友人や恋人たちのデフォルメされたり、キュビスティックに二重化された肖像や、三幅対の捩じれた、アクロバティックな人物像よりもずっと重要な描出である。しかしその非日常性、非現実性は、デヴィッド・シルヴェスターとの対話（190-191）によると、真に日常的な素材から作られている。この砂丘の表面は彼のカオスのスタジオの床から集めた塵を絵具に混ぜて塗ったという。また、テート・ギャラリーにあるエリック・ホールの絵で、フランネル・スーツの毛皮っぽい質感を出すために、スタジオの床や絵などに溜まってパステルに染まったりした埃を集めて布切れの上で濡れた絵具に混ぜて乾かし、それをパステルのようにカンヴァスに塗り付けたという。異常性は真に身近の素材から作られたのだが、それでなければ異常さに現実性（リアリティ）を付与することはできないだろう。

〈風景〉

ブルターニュで見た砂丘のイメージが基になっているこの絵の制作のヒントになった〈風景〉（*Landscape*, 一九七八）という絵がある。同じくアクリルのように透明な二面に囲まれ、奥には第四のエッジはなく、ブルーの背景（空（そら））に向かって低い円弧を描く白い砂地のような球面が広がり、禿げ残ったように前後二カ所に草叢（くさむら）がある。上部の丸天井で、先の〈砂丘〉と同様、小さな矢印が下を向いている。それについてのシルヴェスターとの対話は意味深い示唆を与えてくれる。

ベーコンは言う。「精神的（メンタル）なイメージとは無縁の、自分の存在の構造の内部の感覚的イメージというものがあって、それが偶然によって形成しはじめるとほっとするものだ。すると批評の側面が働き出し、偶然有機的（オーガニック）に与えられたように見えるこの基礎の上に構築を始めるんだ。〔……〕そのイメージがほかのものより有機的だから気に入っているっていうことは君にはわからないだろう。たとえば草の絵〈風景〉、フレームに入れたいと思った風景だ。ぼくはそれを風景にして風景らしくなくしたかった。そこで削って削って、しまいにはただのわずかな草地が残ってそれを箱に入れたのさ。つまり、じっさい風景らしく見えるものをやけになって切り落としてみたらできたのだ。ぼくはそれを風景らしくない風景にしたかったのさ。それでうまくいったのかまったくわからないが」（160-161）。シルヴェスターが「この風景の草には動物のエネルギーがすごく満ちている」と言うと、ベーコンは「そうしたいと思ったが、それが目的ではなかった」と答え、「なにかを取り除こうとしていたらそうなったのか」と訊かれて、「そうだ」（161-162）と答えた。

ここには多くの批評家による、戦争、ジェノサイド、暴力、怒り等の歴史の文脈と物語による批評に対して、画家らしい偶然のインスピレーション、感覚、印象による説明がある。それはベーコンが、「物語を語ることを避けはしないが、ヴァレリーが、伝達で退屈させないで感覚（センセーション）を与えること、と言ったのを是非やりたいのだ。物語が始まったとたんに退屈が始まる」（65）と話したことと大いに符合している。

　ベーコンが草の絵について話したことを〈風景〉の解説として語ることは、彼の言う伝達の退屈さを実践することになるが、シルヴェスターに質問されてベーコンは、素晴らしい草の写

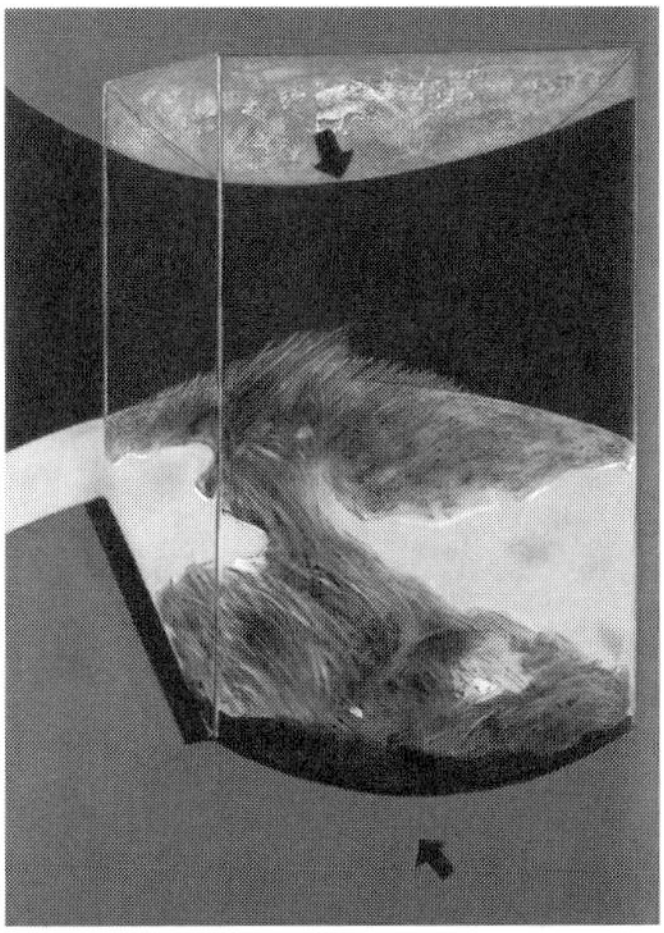

フランシス・ベーコン，〈風景〉，1978年，油彩・パステル・カンヴァス，198×147.5 cm，個人蔵　© The Estate of Francis Bacon. All rights reserved. DACS 2017

真を持っていたが、それは破れてこの絵みたいな形になり、さらにスタジオのカオスのなかですっかり踏みつけられて、引っ張り出したときはバラバラになっていて、こんな草の断片が残っていたと言う（162）。

記憶のなかの砂丘のイメージと、草の写真のバラバラになったイメージではなく映像の断片が基になっているわけだが、この頭髪の剃り跡のように立ったり寝たりした草の葉は、その生え際が地面や砂地からのように自然のまばらな移り行きがなく、人工的に力を加えて剥がされた動物の毛皮の形をしている。その生なましさがじっさいの毛皮や頭髪のイメージではなく、ベーコンの足に踏みつけられ、破れた写真の残骸であるとすると、そのイメージの「有機性」は彼の内なる肉から、彼の腕と手を通って食み出た、あるいは写り＝映り出たものと言えるかもしれない。ベーコンの存在が彼のカンヴァスの上に食み出た肉とはなんであろうか。

マウロ・カルボーネのゴーガンの皮膚

マウロ・カルボーネ（一九五六―）は『イマージュの肉――絵画と映画のあいだのメルロ＝ポンティ』（*La chair des images: Merleau-Ponty entre peinture et cinéma*）の「野生になるには長

い時間がかかる」の章の冒頭（48）に、メルロ＝ポンティの遺著『世界の散文』の終りで中断したまま残された一節を引用している。

近代絵画の対象物は〈出血し〉、われわれの眼の前でその実体をまき散らし、われわれの眼差しに直に問いかけ、われわれが全身で世界と結んだ共存の契約を試すのである。

（*Œuvres*, 1544,『世界の散文』、二〇〇―二〇一）

近代絵画は宗教や歴史や物語の意味によるのではなく、そこに描かれたものが身を曝け出し、観る者の眼と身体に実体的関係の有無を問いかけてくるものである。それは物語を排して物そのもので自分の偶然のイメージを表現し、観る者に通じ合いを求めるベーコンと同じである。カルボーネはゴーガンがタヒチ島で描いた女の肌、肉を覆う皮膚に言及し、キリスト教絵画が描いてきた聖人像の皮膚がその内側に神を隠しながら、反面で神を象徴的に現出（レヴィール）させていると論じ、ギリシアの多神教にも通じるタヒチの木と石の原始神信仰を迂回して、タヒチの女の野性的な皮膚そのものがプリミティヴな神を顕わしていると論じている。

ゴーガンが大いに賛美していたマネの〈オランピア〉についてカルボーネは、その皮膚がとても白くかつ不透明であるのは、「皮膚に肉との一体性を取り戻させることであり、そうして身体のたんなる外皮としての地位を否定することになる。〔……〕また肉に皮膚との一体性を取り戻すことは今度は肉からそのあいまいな精神化（霊化）を生み出した内面性（内在化）の含意を解放することを意味する。その精神化とはそこに神の原理――〈顕われ／隠れ、隠れて顕われる〉――別の言い方をすれば魂が仮に宿ると考えればよい」（59-60）と述べる。ゴーガンのタヒチの女の茶色い皮膚はそれに通じて、そこに原始の野生と、木と石に通じる多神教の、見えるものと見えないもの、生命あるものとないものの一体性を見ている。

ベーコンは初期の頃、ベラスケスの〈インノケンティウス十世教皇〉を基にした肖像画を描いたが、かくべつキリスト教に対する関心やコンプレックスがあったわけではなかった。しかしキリスト教国であった古代ローマからの遺産として必然的に継承する、受肉したキリストの身体の観念は今も文化の一部としてヨーロッパに流れている。キリスト教絵画における皮膚と神の問題、その裏に神を隠し、同時にそれを表に現わす＝表現するという見えるものと見えないもの、物と霊＝精神、皮膚と肉の、対立と融合＝一体化を踏み越えて、肖像とヌードを描き続けたベーコンが、皮膚に包まれた肉体をどう捉えたか。

メルロ＝ポンティ（一九〇八―一九六一）は近代絵画の大部分はその皮膚の地位を破棄しよ

うとしてきたと言う。ベーコンは血は流さなかったが、肉を自在に捻り、流し、初めから皮膚を描こうとはしなかった。彼のヌードには皮膚はなく、いきなり肉の体がある。その有機性、生なましさ、動物的な行動の気配は、観者に向かってモデルのように黙って微笑んでいるのではなく、語りかけ、叫び、手を伸ばそうとしている。人物たちは額縁のなか、あるいは映画のスクリーンの向こうにいるのでもなく、ベーコンのスタジオからこちらに飛びかかってこようとする。肉屋や屠殺場よりも動物の出演するサーカスか、動物の檻のなかにいるような気配が

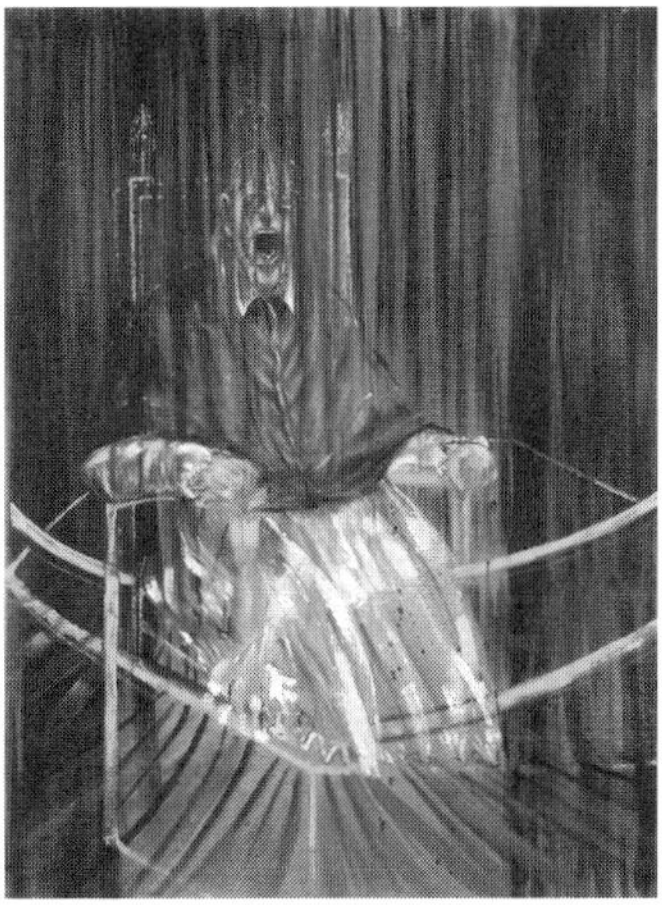

フランシス・ベーコン,〈ベラスケスの教皇インノケンティウス十世の肖像に基づく習作〉, 1953年, 油彩・カンヴァス, 153×118 cm, デモイン・アート・センター　

あって肉が躍動している。「われわれが全身で世界と取り結んだ共存の契約」(『世界の散文』、同)はすでに破棄されているのであり、ベーコンはモデルとも砂丘とも契約を破って、それを足下でズタズタになった屑のなかから拾い上げ、イメージの断片をつなぎ合わせ、歪め、回転させ、周囲は単色の平塗りで、立方体の輪郭線や円形の舞台、カメラのレンズとも拡大鏡とも見える円を身体の一部に描いて、この像を拡大して見せる。皮膚を入念に描くことはなく、筆の縞で覆ったり隠したりしているのは対象の肉で、そこにベーコンの肉が移っていく。舗道を影のように歩いてくる犬はベーコンであり、ビニールのカーテンを開いて奥へ向かう裸体はベーコンの身体であり、ベッドの白いシーツの上で抱き合う二人の裸の男は、それぞれベーコンの肉の喜びである。デフォルメされた顔、極端に伸ばした手足が、こちらに襲いかかってきたり、恫喝しているように見えるのは、ベーコンの身体の肉が叫び、運動しているからだ。カンヴァスの上に自分の肉塊を置いている。

権力であれ法であれ性であれ、さまざまな力が外からも内からも加わり、肉も精神も揺さぶる。フレームのなか、教皇の椅子や十字架の上、キャスター付き事務椅子に収まることすら拒否し、そこから苦悶のうちに抜け出そうとする。苦痛に襲われてベッドの上でもがき、わが身と格闘するように、ベーコンの肉塊がカンヴァスの上で捩じれ、自らを解き放とうとよじれている。それは絵画という方形の平面上で、マイブリッジの連続運動写真からさらにシネマトグラフィー、アニメーションと、さまざまな運動表現の媒体が発達した視覚表現が、檻に入れられた動物のように外に向かえず、内に向けて身を折り曲げている。キリストが十字架に打ち付けられて天を仰ぎ、うなだれている磔刑像が、人間に受肉した神の、天へ回帰する前の受難像であったが、人間が地上に造られた、あるいは生まれたことに対する受難の姿は、皮膚で隠す必要もなければ隠す皮膚もなく、露出されてある。カルボーネはジャン＝リュック・ナンシー（一九四〇―）とともに、ゴーガンの絵にキリスト教的肉の脱構築（デコンストラクション）の相を見たが、カルボーネがゴーガンのタヒチの女の背後にギリシアの多神像を透かし見たようには、ベーコンの歪んだ人物像の背後に見る神はないから、そこには、それらのモデルとなった友人や恋人の手前の空間だけではなく、まさにそれらのイメージに重なって、ベーコンの見えない顔と姿が見えるはずである。

　セザンヌは光の当たる色彩面で自然の物をとらえ、その球の頂点に自分の眼を近づけ、そこで物のイメージと自分の頭のなかのイメージを重ねることで、世界を実現（レアリゼ）しようとしたが、ベーコンは粘土を手の平やヘラで撫でるようにカンヴァスの上に絵具を伸ばし、拡げ、歪める。写真術が瞬間にとらえた運動の姿態を腕と手の持続する運動に換え、呼吸する肉の運動をそこに移し、映しながら、外形の変移ではなく、内部のエネルギーの変動によって表現する。ドゥルーズは「痙攣」と言ったが、それは発作や興奮の徴候ではなく、肉なる衝動の発出であって、写真はその結果を写して定着するが、身体に瞬間というものがないように、絵画にも瞬間はない。生命も死も瞬間ではなく持続である。ベーコンは内装や家具を美しく整えたスタジオを作ったら、まったく絵が描けなくなった。写真や複製の残骸の埋まったカオスのスタジオが最適の制作の場だと言ったが、その乱雑極まるスタジオの内部こそ、画家ベーコンの頭のなかのイメージが生まれる肉であり、それが彼の絵画の肉となったのである。

見えるものの肉

メルロ゠ポンティは遺著『見えるものと見えないもの』の「研究ノート」の内、〈見えるものと見えないもの〉(一九五九年十一月)の項でこう書いている。

見えるものはつねに〈より遠くに〉ありながら、それ自体で〔en tant que tel〕呈示されている〔est présenté〕。それは原初の呈示不能なもの〔*Nichturpräsentierbar*〕の原初の呈示

〔*Urpräsentation*〕である——見ること、それはまさに、無限の分析がつねに可能であるにもかかわらず、またどんななにものか〔*Etwas*〕もわれわれの手の中に残ることはまったくないけれども、あるなにものかをもつことである。ということは、それは純然たる矛盾ではないか。けっしてそうではない。もし私がそのなにものかを、身体の中心に近い思考によるのではなく、包み込む、横から包囲する、**肉**として考えるならば、到達不能のものではなくなるのだ。

（*Le visible et l'invisible*, 270, 三一四、太字引用者）

メルロ＝ポンティが現象学的思考を深めつつ、その基本に意識という「見えないもの」が本質としてありながらも、「世界」と素材的（知覚的＝視覚的）に一体となる「肉」（*chair*）を、概念ではなく身体経験のうちにとらえようとするところに、彼の哲学が一般人に近づき得る入口がある。彼の世界観において人間存在観の基に「見ること」の知覚が据えられていることは、意識の対象ばかりでなく知覚の対象を肯定し、精神と身体＝物のデカルト的境界をつなぎ、無（意識）の否定を物の肯定に転ずる、生地の裏表の見方を思考した。精神＝身体と身体＝物を往還する視点、自他を転換する、多重ではなく、強弱の同時性、微妙な意識の場の転移によって、世界と私を同時に、一体としてとらえようとした。それを可能にする蝶番でも論理でもなく、布地よりも泥よりも生きている「肉」を「私」の身体と世界を構成する素材とし、肉によって両者に意識を通すことで、それらを外からも内からも感じ取ることを可能にした。

メルロ＝ポンティは同じ「研究ノート」の最後のページに〈肉〉と題して次のように書き残している。

> 私の身体は見ていると私が言うとき、私の身体についての私の経験のなかには、他者が私の身体についてもつ視覚、あるいは鏡が私の身体について与える視覚を根拠づけ、告げるなにかがある。すなわち、私の身体は原理的に私にとって見えるもの、あるいは少なくとも私の身体は〈見えるもの〉に数えられ、私の〈見えるもの〉〔身体〕はその一断片である。つまりこの限りでは私の〈見えるもの〉〔身体〕はわが身を振り返り、それをわかろう〔*comprendre*〕とする——私の〈見えるもの〉〔身体〕はまったく私の表象〔*représentation*, 再現描出〕ではなく**肉**なのだが、そうでなければ、どうして私はこのことを知り得ようか——つまり、私の身体を抱き、それを〈見る〉ことができる**肉**である——私が見られ思考されるのは何よりもまず世界によってなのである。
>
> （327-328, 四〇七、太字引用者）

画家ベーコンは物を見ることによってそこに反映する自己の肉を見るのではなく、触ることに裏打ちされた「見ること」によって、自己の肉を布地の上に伸べ、自己の肉をそれがもつ眼とともに他者に塗り付け、その肉のなかから見ることを発生させた。彼の画像は人物の外観の表象＝再現描出ではなく、肉のなかに埋まっていた盲目の視覚のカンヴァスへの脱出、カンヴァスの画像の表面を裂いて裏返そうとする行為であり、肉を外皮に包み隠してカンヴァスに収めるのではなく、肉が外皮＝カンヴァスを突き破ってその裏側へ、外へ出て眼を開こうとする行動の結果である。犬も人間も額の内側の部屋に収まらず、立体の部屋の輪郭線を越え、皮膚の外へ出ようとする画業である。

わたしの身体＝あなたの視線

「六本木クロッシング二〇一六展：僕の身体（からだ）、あなたの声」（二〇一六年三月二十六日―七月十日）で、片山真理の写真作品〈You're mine #001〉（ラムダプリント、104.8×162 cm）を観た。胸が急を告げて鼓動し始め、喉が詰まるのを覚えた。若い女性モデル（作者）がドレスアップし、コスチューム、バッグ、飾り物のコレクションに囲まれた女の部屋のソファに正面を向いて座り、フロアには義足と義手が何本も投げ出されてある。上部のロッドから下がったドレープでメイクした白い顔は半分隠れ、左の黒い瞳が私を見詰めている。この女性は両足の不具合のため、幼少時に両足首を切断したとキャプションに書いてある。足先が袋になった黒いストッキングを穿いた両脚が下っている。私の胸を騒がせたのは足首のない脚の形ではなく、コスチュームの左の袖口からふっくらと長く伸びた、艶めかしい白い肌の二本の指であった。

私はモデルになった美しい若い女性と、その人形の家のように凝った部屋に座っている大きな人形のような作家の両方をそこに見た。見る者と見られる者の間には距離があり、その二つが合体して一つになっているが、そのまなざしは自分を見ながら私を見ており、自分のメイクした顔や衣装やストッキングを穿いた脚よりも、唯一見える裸身の一部である左手の二本の指、「手」という名では表わせない、掌から芽生えて成長した異形の肉片の造形に私の眼は吸い寄せられた。作家の眼はモデルの眼と手を見、それを注視する私の眼を見詰めている。三つの視線の交叉は手の肉を媒介して複雑な意味の交叉になり、女の部屋と、その作品が展示されている部屋のあいだで不動のままでいるが、肉の内部で肉を揺さぶろうとする衝動が漲（みなぎ）っている。それが欲望や恐怖や不安、野生や異界の存在との遭遇の場合もある。それが生の肉を介し、その画像と対面しながら、私が作家とともに作家を観ることにより、私も画像に取り込まれた私自身を見ることを反芻している。それは「手」という名詞が突然「足」を意味した場合の意識の交叉を視覚化したもので、それを「存在」というあいまいな語や、「無」という見えない普遍語ではなく、肉という他者と「私」に共通する素材の感覚によって、自他の眼差しを通して共有しながら自他を意識する、共存と差異の重複である。肉の通じ合いが「見ること」によって現象している。眼差しの交叉はイメージの交叉を具体化する肉の共有の先導である。

ベーコンはこの食み出る肉を描いた。肉が宗教、道徳、法律、論理、言語を食み出るとき、人間は他者の一部になり、世界を肉のなかに見、触れることができる。

メルロ゠ポンティは先の「研究ノート」の〈見えるもの——見えないもの〉（一九六〇年五月）の項で次のように書いている。

> 知覚される世界は（絵画のように）私の身体へのもろもろの道の集合なのであって、空間－時間的個体の大群ではない——見えるものの見えないもの。それは見えないものが世界の光線に属しているということだ——赤の本質〔*Wesen*〕があって、それは緑の本質ではない。しかし、それは原理として見ることを通してしか近づくことができず、また見ることが与えられるや近づくことができ、それ以後はもはや思考される必要がないある本質な

のである。見ることは本質を所有するのに思考する必要のないような思考なのである――それは高等学校（リセ）の記憶がその臭いのなかに存在するように、赤のなかに存在する。

（300-301, 三六一）

見ることの本質をつかむために思考は必要ないということは、言語は必要ないということだ。それは語らず、見ることだということになる。しかし語ることは、私の肉のなかで芽生える「見ること」は、ものの色の本質を、私の肉に裏打ちされた感覚によって見ることに、その存在があることを教えるのである。

［参考文献］

Samuel Beckett, "The Lost Ones," in *Collected Shorter Prose 1945-1980*, London: John Calder, 1986.（『サミュエル・ベケット短編集』安堂信也訳、白水社、一九七二）

Jean-Paul Sartre, *La Nausée*, Paris: Gallimard, 1979.（ジャン＝ポール・サルトル『嘔吐』白井浩司訳、人文書院、一九五一）

David Sylvester, *The Brutarity of Fact: Interview with Francis Bacon*, London: Thames and Hudson, 1987, 1990.

Francis Bacon, *Entretien avec Michel Archimbaud*, Paris: Gallimard, 1996.（ミシェル・アルシャンボー『フランシス・ベイコン　対談』五十嵐賢一訳、三元社、一九九八）

Logan Sisley & Martin Harrison, *Francis Bacon: A Terrible Beauty*, Göttingen: Steidel, 2009.

John Russell, *Francis Bacon: Revised and updated edition*, London: Thames and Hudson, 1993.（ジョン・ラッセル『わが友フランシス・ベーコン』五十嵐賢一訳、三元社、二〇一三）

Luigi Ficacci, *Bacon*, Köln: Taschen, 2003.

Gilles Deleuze, *Francis Bacon: Logique de la sensation*, Paris: Seuil, 2002.（ジル・ドゥルーズ『感覚の論理——画家フランシス・ベーコン論』山縣熙訳、法政大学出版局、二〇〇四）

Daniel Farson, *The Gilded Gutter Life of Francis Bacon*, New York: Vintage, 1993.（ダニエル・ファーソン『フランシス・ベイコン——肉塊の孤独』高島平吾訳、リブロポート、一九九五）

Rudy Chiappini, ed., *Bacon*, Milano: Skira, 2008.

Martin Harrison, *In Camera Francis Bacon: Photography, film amd the practice of painting*, London: Thames and Hudson, 2005.

Michael Peppiatt, *Francis Bacon: Anatomy of an Enigma*, London: Constable, 2008.（マイケル・ペピアット『フランシス・ベイコン』夏目幸子訳、新潮社、二〇〇五）

Jennifer Silverman, *Francis Bacon: Order, Chance and the Abject Body*, KG: VDM Verlag Dr. Müller Aktiengesellschaft & Co., 2010.

『フランシス・ベーコン展』展覧会図録、東京国立近代美術館、二〇一三。

Mauro Carbone, *La chair des images: Merleau-ponty entre peinture et cinéma*, Paris: Vrin, 2011.
Jean-Luc Nancy, *Visitation (de la peinture chrétienne)*, Paris: Galilée, 2001.（ジャン＝リュック・ナンシー『訪問――イメージと記憶をめぐって』西山達也訳、松籟社、二〇〇三）
――, *Le Regard du portrait*, Paris: Galilée, 2000.（『肖像の眼差し』岡田温司・長友文史訳、人文書院、二〇〇四）
Maurice Merleau-Ponty, *Le visible et l'invisible*, Paris: Gallimard, 1964.（メルロ＝ポンティ『見えるものと見えないもの』滝浦静雄・木田元訳、みすず書房、一九八九）
――, "La prose du monde," in *Œuvres*, Paris: Gallimard, 2010.（『世界の散文』滝浦静雄・太田元雄訳、みすず書房、一九七九）

あとがき

フランシス・ベーコンの絵を観ているうちに、これはアイルランドの肉だと直感して、そのテーマを文学と絵画のなかに探ろうと思い立った。アイルランド、コーク出身の文学者、ジョセフ・オリリーは顔を顰めたが、私なりの直感を確かめようとスターンから再読し始めた。イタリア人のカトリック信仰よりも厳しかったアイルランド人の宗教心と、一方にあるアイルランドの自然、海、山、川そして馬、羊、牛と共生してきたアイルランド人の伝説、歴史、感性を辿るうちに、ギリシアとは対極のヨーロッパの果てで、さらにその西側にあるアメリカの二十世紀文明を背景に遠望し、薄れゆく十九世紀の、貧しくとも人間の身体と言葉が中心であった文化の原型が、アイルランドの水や泥のなかに見出せるのではないかと思ったのである。

それは見当はずれと思いがけない知見の連続であった。「ベアの皺婆」はじつは男で、同性愛の詩であるとか、ダブリンのセント・パトリック教会司教であったスウィフトが、許容される範囲で限りなく伴侶に近かった文通の友、ステラの使う英単語の綴りの誤りを教えていたとか、ワイルドが戯曲『サロメ』の原型になったと思われる、聖書をもとにした作り話を女友達に話していたとか、ベーコンの祖母の夫は猫を犠牲にして猟犬に血の臭いを覚えさせていたとか。

日本語には身（み）という繊細なことばがあって、それは自他を乗り換え、人間と物が質を共有、交換する日本人の心情と思想を育て、保ってきた。魚の身（み）と植物を主な食材としてきた日本人と、動物の肉と植物を主に食べ、かつ動物と共生してきた西洋人とでは、肉という語の観念が異なっているが、ものの名や外形を超えて、身や肉は人間同士、人間と世界を延べて、その共通の現存の素材であり、両者をつなぐ感覚を肉付けし、そこに芽生え、棲む意識の伸び広がる場になる。そこから発せられることばは肉に包まれ、肉を帯びて、形象を内から動かし、顫（ふる）わせる。そのような葉や水や泥から生まれたことばは花を咲かす。そのことばは動物のように移動し、植物のように各所で水を吸い上げ、呼吸を始める。暗い岩壁の上で永年乾いて塵に覆われていた記号が光と水で生気を得て、葉を茂らす。この魔術的な言語の錬金術は、自然の驚異に見える存在の本来の有り様で、それを感覚の上に実現するのは人間の肉の営みの創作であり、芸術である。しかし二十一世紀はコンピュータとロボットによって、その自然の魔術から限りなく遠ざかりつつある。

「ベアの皺婆」の詩と「〈ベアの皺婆〉とジョイスの『フィネガンズ・ウェイク』」は『文学空間』第五巻十号に掲載された。

本書の出版をお引受け下さった水声社社主鈴木宏氏と、日本語の表現に気を配って編集をして下さった小泉直哉氏に心よりお礼を述べます。

二〇一七年三月十日

近藤耕人

著者について——

近藤耕人（こんどうこうじん）　一九三三年、東京に生まれる。東京大学英文科卒。明治大学名誉教授。
戯曲に『風』（一九六二年、第一回文芸賞戯曲部門佳作入選）、主な著書に、『映像と言語』（紀伊国屋書店、一九六五）、『見ることと語ること』（青土社、一九八八）、『アイルランド幻想紀行』（彩流社、一九九九）、『ドン・キホーテの写真』（未来社、二〇〇二）、『ミメーシスを越えて』（水声社、二〇〇八）、『目の人』（彩流社、二〇一二）、『ドストエフスキイとセザンヌ』（共著、晃洋書房、二〇一四）など、主な編著に、『サミュエル・ベケットのヴィジョンと運動』（未知谷、二〇〇五）、『サミュエル・ベケットと批評の遠近法』（共編、未知谷、二〇一六）など、主な訳書に、スーザン・ソンタグ『写真論』（晶文社、一九七九）、ジェイムズ・ジョイス『さまよえる人たち』（彩流社、一九九一）などがある。

アイルランドの言葉と肉

二〇一七年七月一〇日第一版第一刷印刷　二〇一七年七月二〇日第一版第一刷発行

著者――近藤耕人
装幀者――伊勢功治
発行者――鈴木宏
発行所――株式会社水声社
東京都文京区小石川二―一〇―一　いろは館内　郵便番号一一二―〇〇〇二
電話〇三―三八一八―六〇四〇　ＦＡＸ〇三―三八一八―二四三七
郵便振替〇〇一八〇―四―六五四一〇〇
URL：http://www.suiseisha.net
印刷・製本――ディグ

ISBN978-4-8010-0262-3